邂逅一个人，只需片刻，
爱上一个人，往往会是一生。

柳永　李煜

杜牧　沈复

柳如是　董小宛

……

国馆动情讲述

这些才子佳人们的凄美情事

世间一切，皆是遇见

18对才子佳人的凄美情事

国馆／编著

新世界出版社
NEW WORLD PRESS

曾经沧海难为水，除却巫山不是云。

春风十里扬州路，卷上珠帘总不如。

妾乘油壁车，郎骑青骢马，何处结同心？西陵松柏下。

伤心桥下春波绿，曾是惊鸿照影来。

南浦凄凄别，西风袅袅秋。

桃花带露浓，这世间一切缘分，都是遇见。

——国馆

目/录

目/录

目
/
录

篇一 柳永

系我一生心，负你千行泪

文/丘吉鸟

提到他，就想起“晓风残月”的多情婉转。

南宋年间。

一日，北方金国的皇帝完颜亮在宫中听乐师唱曲，当乐师唱到柳永写的“重湖叠巘清嘉，有三秋桂子，十里荷花”时，他怦然心动，对西湖美景顿生憧憬。

为此，他特地派了一个画工，混进前往南宋的使臣队伍中，命他到临安后，偷偷画一幅西湖山水的画回来。得画后，完颜亮对江南美景惊叹不已，特地把画裱在床前的屏风上，端详片刻后，他提笔于屏风上画上自己全副武装、策马立于吴山之巅的画像，并题了一首诗：

万里车书尽混同，江南岂有别疆封？

提兵百万西湖上，立马吴山第一峰。

果然，隔年，完颜亮便举兵六十万，大举侵宋。

凭一句词，惹来数十万敌军，翻遍中国文学史，也就只有柳永一人了。柳永在他的时代，影响力之大，恐怕连李杜都要稍显不如。

宋词到了柳永手里，才真正有了生命。当时，他虽然为士大夫所不齿，很多人在人前板着脸骂他的词是淫词艳曲，却在夜深人静时偷偷赞叹。

所谓凡有饮水处，皆能歌柳词。

嫉妒也好，迂腐也好，柳永确实道出了中国文人想说却不敢说的话，活成了他们想活却不敢活的样子。

胭脂、笛子、毛笔

柳家累世为官，以诗书传家。

柳永原名柳三变，取自《论语·子张》中“君子有三变”之意，即子夏说的“君子远观是庄严的，走近他又觉得他是温和可亲的，跟他聊天又感觉他是严厉的”。

从一开始，柳家就希望这个孩子长大后能成为一个被儒家思想熏陶的严肃君子。

柳永出生那天，恰逢花朝节，即百花的生日。接生的喜婆为了讨多点赏赐，便告诉柳父，小少爷生来就宫花满头，这正是贵为公卿的祥兆啊！讨得柳父心花怒放。

柳永周岁时，按当地风俗是要抓周的。

柳永和宝玉一样，也是先抓起了一盒胭脂，后又抓了一把笛子，最后，柳永才抓起一支毛笔。

纵观他一生，这抓周抓到的三样物什最能概括：胭脂、笛子和毛笔。

想他柳永天生懂花，既有七窍玲珑心，又有倚马立就之才，一双慧眼，最能发现女子的美艳。

话说，十二岁那年，他随父亲赴宴，宴席之上，有歌女宛转蛾眉，千娇百媚。他随口便咏出一句："坐上少年听不惯，玉山未倒肠先断。"词一出，即惊艳四座。

一夜之间，柳七郎之名，震动京师。

愿天上人间，朝云暮雨永相见

十六岁时，柳永离开新婚妻子，进京赶考。临别前，他写下了一阕《雨霖铃》：

此去经年，应是良辰好景虚设。
便纵有千种风情，更与何人说。

柳永以为这一别，再久也不过几年，但未曾想，这一别，便是永别。

三年后，他还未归，他的妻就与世长辞了。

不过，他的千种风情，却多得是人可以说。

往汴京这条路，他一走就是六年。倒不是路程太远，而是苏杭一带，秦楼楚馆太多，他挪不动步子了。

在这里，他遇到了虫娘。

某天，他和友人一起，来到杭州城最有名的丰乐楼。席间，他见有一歌伎，不仅腰身与歌喉都极好，更重要的是，她口中唱的，正是他柳永新写的《玉楼春》。

虫娘真美，以至于柳永听完，忍不住咏了句："坐中少年暗销魂，争问青鸾家远近。"

又是坐中少年，又和十二岁那年一样怦然心动，暗自销魂。

他忍不住问姑娘家住何处，可曾婚配?

彼时的柳永，被人唤作柳七郎。传说中柳七郎的笔，有点石成金之功，歌伎只要得他一首词，身价瞬时就能涨十倍。

所以，青楼里，还流传着这么一首歌谣：

不愿穿绫罗，愿依柳七哥；
不愿君王召，愿得柳七叫；
不愿千黄金，愿中柳七心；
不愿神仙见，愿识柳七面。

所谓绫罗绸缎，公卿王侯，荣华富贵，羽化登仙，皆不如得柳七一词，得柳七一眼。

谈话间，柳永才知道，虫娘原是书香门第的女子，因父母双亡、家道中落，才沦落风尘的。但一丝风尘味，倒更衬出她的绝代风华。

那时候的苏杭，男人都爱虫娘，女人都爱柳七。

但，那天过后，柳七最爱虫娘，虫娘只爱柳七。

柳七和虫娘在一起的日子，充满了蜜意情浓：

洞房悄悄，绣被重重，夜永欢余，
共有海约山盟，记得翠云偷翦。

愿人间天上，暮云朝雨长相见。

……

恋爱中的男女，总恨不得让山川河流、日月星辰都来见证他们的誓言。但誓言虽好，却还是敌不过三纲五常、功名利禄。

一年后，柳家传来书信，要他回去成亲，家里已为他物色了续弦夫人。

柳永既不敢和家里说，他爱上了一个歌伎，更无颜跟虫娘说，他要回去娶妻。所谓爱的担当，在那时世俗里皆成奢侈，他终成败兵，变得懦弱。

所以，他来了个不告而别。

奉旨填词柳三变

续弦的妻，为他生了个儿子后，他就一心扑在科举上了。

二十二岁这年，他曾如是放出豪言：“定然魁甲登高第。”可是，文章写得好，不一定能得圣心，毕竟那时的皇帝是宋真宗，他最讨厌的就是这种情情爱爱的诗词歌赋。

想他柳七的艳词之名那么响，当然必落榜无疑。

落榜后的他，很是愤愤不平，如是写下一首《鹤冲天》。

黄金榜上，偶失龙头望。
明代暂遗贤，如何向？
未遂风云便，争不恣游狂荡。
何须论得丧？才子词人，自是白衣卿相。
烟花巷陌，依约丹青屏障。
幸有意中人，堪寻访。

且恁偎红倚翠，风流事、平生畅。
青春都一饷。
忍把浮名，换了浅斟低唱。

就算落第了，又如何？我本就是一介布衣，只要我自信有满腹才华，便自是公卿将相。功名不过是惹人平添白发的浮名，还不如往烟花巷里，偎红倚翠，浅斟低唱来得逍遥。

喝着苦酒的他，虽用词发泄，但毕竟心有不甘。微醺之间，他又想起了虫娘。

薄衾小枕凉天气，乍觉别离滋味。
展转数寒更，起了还重睡。
毕竟不成眠，一夜长如岁。

后来的日子里，他的梦里总是出现虫娘，直到在京师待了近十年又落榜了一次之后，他才终于决定去找虫娘。

未曾想，十数年后，虫娘竟还等在老地方。

柳永万分抱歉，他说："就中堪人属意，最是虫虫。"也是，十多年了，最让他念念不忘的还是只有她。

"十多年不见，你还是那么美，'有画难描雅态，无花可比芳容'。"

如此缠绵悱恻的情话，据说后来，连皇宫大院都在悄悄唱着他七郎说过的这些情话了。

宋仁宗与父亲真宗不同，他是个精通音律的人，当太子时，他就尤其喜欢柳永的词。虽然父亲真宗下令不准听这些辞藻华丽的词曲，但耐不住柳永的词太有魔力，不听就令他心痒。所以，每次在宫中饮酒，他总忍不住让歌姬唱一番柳永词。

只是，那时他是太子，还可以随心所好，但是登基后，一切就变了。

或许，人一旦登上高位，难免就要戴上新的面具。

那一年，二十六岁的柳永在虫娘的鼓励下，又一次应举。这次他考上了进士，但当大臣将进士名单呈交御览时，宋仁宗一眼就看见了柳永的名字。他记得柳永的那些辞藻华丽的词，也记得柳永的那首讥讽朝廷不识良才的词，所以他眉头一皱，朱笔一勾："且去浅吟低唱，何要浮名？"

就此，柳永这一生的仕途，告终。

这一生，柳永除了歌楼，恐怕也没别的去处了。为此，他就直接在自己的名帖上写："奉旨填词柳三变"。

只是，为了这可笑的功名，他负虫娘太多了，于是他承诺："便是有、举场消息。待这回、好好怜伊，更不轻离拆。"

这一次，我再也不会为了科举仕途抛弃你了。

于是，他为虫娘赎身，纳她为妾，从此神仙眷侣，天南地北地流浪。

但虫娘知道，柳永终究还是不甘心的，她告诉柳永，丞相晏殊，听闻也是雅好词曲之人，不如前去拜谒，看看能否谋个好前程？

柳永知道，晏殊也喜欢作词，也曾写过"槛菊愁烟兰泣露。罗幕轻寒，燕子双飞去"这样辞藻华丽阴柔的句子。如今他位极人臣，想来应可以与他惺惺相惜，不会像世人那样肤浅地轻贱了他。

于是，柳永拜访了晏殊。

晏殊一见柳永，便问："柳公子，也会作词吗？"

柳永答："是的，和您一样，也喜欢作词。"

晏殊冷笑："我虽然也作词曲，可从没像你那样，写'针线慵拈伴伊坐'这种不入流的句子。"

柳永一听便明白了，晏殊对他的词这么熟悉，想平日也读得不少。但晏殊也不能免俗，他虽爱读柳词，却还是要装作不屑的样子。

人性之虚伪，四海皆相似。

彼时，公卿们哪一个不爱狎妓，却故意要装得漫不经心，来包装自己的欲望，鄙视柳永纳歌伎为妾。

他们的宴席上，一边唱诵着柳永的"淫词艳曲"，一边装出一副不屑与之为伍的模样。

人人都说他俗，却没有人敢说他活得真，他爱美就是爱美，有欲望就是有欲望。

纵观两宋词人，学作词，无不从柳永开始，"今少年，十有八九学柳耆卿"，连苏轼、秦观、周邦彦这等大家，也都受惠于柳永。然而，却没有人肯承认，柳永的词写得真好，柳永的活法，是真风流。

只有后来者苏轼，敢拿自己的词和柳永相比。

只有苏轼敢说一句："人皆言柳耆卿俗，然如'渐霜风凄紧，关河冷落，残照当楼’，唐人高处，不过如此。”

如此看，苏子到底是性情中人。

做鬼也风流

柳永四十八岁时，赶上了朝廷的恩科。

他给自己改了个名字，不再叫柳三变，而是改名为“永”。

这回果然考上了，终于过上了卫道士们眼中“正经人”过的日子。但终老一生，他也只做了个“屯田员外郎”的小官，在参拜和公务缠身中，耗尽了余生。

柳永去世时，家里一贫如洗，连治丧的钱都没有。好在，当年那些红颜知己们，不忍七郎死得不体面，合资葬了他。

柳永入葬那日：“只见一片缟素，满城妓家，无一人不到，哀声震地。”

历史上再有此惊天动地的景象，要等到千年之后，袁世凯的二公子袁克文死后才再现。

柳永去世没多久，虫娘就随他去了。

后来，每年的忌日，都会有很多歌伎，来到他的坟前，吹着他谱的曲，唱着他写的词，怀念着他。

千红一哭，万艳同悲，时人称为“吊七节”。在柳永之前，宋词都活在李后主的余荫下。

柳永出现了，宋词才变成既能家国天下，也能儿女情长；既能平白如话，也能情思隽永。

历史长河里，当年那些居高临下谴责他的人，早就湮没在烟尘里了，富贵名磨灭。

只有柳永，千年之后，人们还在歌咏着他的词，

还在咏“系我一生心，负你千行泪”。

多美!

篇二 李煜

万人之上，不如在一人心上

文／丘吉鸟

人活着，就要活得投入，

要极致地快乐，极致地悲哀。

一千多年前的七月初七夜，金陵城中，少女们一早穿上新衣，在月下焚香祈祷，祈盼与良人早遇。

月出不久，就下起小雨，缠缠绵绵，下了一夜。

民间把七夕这天下的雨，称为“相思雨”，因为那是牛郎织女相遇时流的泪，有人说，若下“相思雨”的话将预示着人间有情种诞生。

所以，这一年的七夕节注定不寻常。

早在年初，镇守金陵的武将李昪自立为帝，建立南唐，而备受器重的吴王李璟，在这一夜喜获第六子。

这孩子天生是双瞳，宽额头高鼻子，风姿俊逸，天生一副帝王相。这个孩子，就是李煜。

帝王，情种，后来他用一生，验证了这一夜的预言。

南国正芳春

李昪看穿了李璟不是个能一统江山的料，咽气前，抓着李璟的手，说了句：“祸在北方！”

这句话，成了李璟和李煜父子一生的噩梦。

李璟柔弱无能，却有个城府深邃、杀伐果断的太子，叫弘翼。

有一回，弘翼惹怒了李璟，李璟一怒之下扬言宁愿传位给晋王，也绝不传位给太子。

就因为这句话，太子收买了晋王身边的侍从，在晋王的茶水里投毒。饮了毒茶水的晋王死状奇惨，尸体还未入殓就已经腐烂。

这件事，吓坏了生性纯良的李煜。

他天生长了一双和舜帝、霸王项羽一样的“重瞳”眼，而父皇也毫不掩饰对他的厚望，并给他起名“重光”，因此惹得弘翼杀气腾腾的。

为了让哥哥弘翼放心，李煜彻底放飞自已，每日只纵情于诗词歌赋，而不问任何政事。

自古帝王家，多的是假装胸无大志，实际却是在等待时机的皇子。但李煜不同，他对政治，真的是没兴趣，也没野心。一统天下，是需要天赋的，他没有。他的才情天赋全都在诗词歌赋、琴棋书画上了。

别人写字，讲究一气呵成，唯他可用颤抖的笔触，写得一手遒劲有力、清爽不凡的字体，世人将他自创的字体称为“金错刀体”。

写就一手“金错刀体”的他，还把书帛卷成一团，写出翩若惊鸿、仙气十足的“撮襟书”来。

他画的竹，也极有特点，人称“铁钩锁”。林石飞鸟，意境为常人所不及。

作画时，他嫌画纸品质不够好，便自己改良工艺，独创“澄心堂纸”，纸质之精良，传世极少，但少数用过的人都赞不绝口。

这样的李煜，如果能一直当一个闲散的王爷，定是人间乐事。

但偏偏，太子弘翼还没来得及对他动手就病死了。

李璟素来喜欢文墨，对这个青出于蓝而胜于蓝的儿子更是倍加青睐，弘翼一死他便要立李煜为太子。

这事儿除了李煜不高兴外，百官也不高兴。

为此，礼部侍郎斗胆劝谏：“陛下，郑王（李煜）笃信佛教，懦弱少德，不堪为君。”

李璟大怒，流放了礼部侍郎，力排众议执意立了李煜为太子。

两年后，李璟病逝，身为太子的李煜不情不愿地登上了帝王的宝座，开始了自己悲剧的人生。

泼天的富贵，至高无上的权位，并不是人人都想要的。

但生而为人的无力和无奈，恰恰在于，不仅贫贱不由你，富贵亦不由你，躲不掉，一切都要听从造化安排。

知我心者，谓我心忧，不知我者，谓我何求。

当这个皇帝，真是苦煞了李煜。

胭脂泪、留人醉

李煜没有治国的才能。而李璟留给他的，更是一个烂摊子。

李璟在位时，没有听父皇的临终劝告，草率出兵，反被北方的后周占了大便宜，硬生生把好好的南唐，折腾成了残山剩水。

李煜即位时，赵匡胤已经黄袍加身，建立了宋朝，对南方其他的小国更是虎视眈眈。

面对风雨飘摇的南唐，李煜只做了两件事：一是放弃国号，从南唐国主变成江南国主；二是向宋称臣，大量地进贡来保平安。之后，他便安心地继续他的风花雪月，吟诗作赋。

李煜的优点，是他一直活得很投入，在能开心的时候，他会极致地去开心。

李煜早在十八岁时，就已经迎娶周娥皇为妻，就是历史上的大周后。这本是一桩冷冰冰的政治联姻，但老天实在厚爱李煜。李煜太爱这个妻子了，她善诗词，精书画，歌舞双绝，还弹得一手好琵琶，音律方面更是天才式的女子，于李煜而言简直是世间难得的知音。

有一回，她跑到李煜的书房，随手翻到了一本残缺的乐谱，一眼就看出，这不是寻常乐谱。于是，她便循着蛛丝马迹，边弹边琢磨，一点点修复，几日后，竟把全本还原了。

这本乐谱，就是当年唐玄宗和杨贵妃最爱的《霓裳羽衣曲》，安史之乱后，这首曲子被视为亡国之音，渐被遗弃，早已失传。

这件事，让李煜大为惊奇。

此后几天，娥皇弹曲，李煜起舞，夫妻俩不仅还原了乐谱，还把整套舞蹈给琢磨了出来。

知音相逢，闺房之内没有帝后，只有才子佳人。他们一个柔情似水，一个妩媚难挡，更有一阕他写就的词应景：

晚妆初过，沈檀轻注些儿个。
向人微露丁香颗。
一曲清歌，暂引樱桃破。

罗袖裛残殷色可，杯深旋被香醪涴。
绣床斜凭娇无那。
烂嚼红茸，笑向檀郎唾。

——《一斛珠·晓妆初过》

李煜不是个好皇帝，但他绝对是个怜香惜玉的好男人。

李煜没有给老百姓一个太平治世，但他给了南唐伶人一个最好的时代。

南唐宫中聚集了很多名伶，其中一个名叫窅（读作舀）娘的女子，爱舞成痴。未入宫前，她是个采莲女，平素里最爱跳《采莲曲》。

有一回，窅娘为李煜表演了《采莲曲》，李煜极为赞赏，遂命工匠用黄金打造了一朵巨大的莲花，和窅娘约定，完工时，要看她在黄金莲花上起舞。

窅娘受宠若惊，为了回报知音一遇，她日夜琢磨自己的舞蹈。随后发现，要在这小小的莲花上跳得好看，舞步就要小而多。最开始她尝试着踮起脚尖跳，但发现重心不稳，舞步难有变化。后来，她不惜折断自己的脚趾，用素锦裹紧，让脚尖更平稳有力。

就此，这样苦练的窅娘演出很成功，一时轰动江南。

鸦啼影乱天将暮

李煜就像沙漠里的鸵鸟，风沙来了，以为把头埋进沙里，风沙就不复存在了。

但事实却是，他把头埋得越深，风沙就会来得越紧。

赵匡胤早就看穿了李煜的心思，他想苟且偷生，用无尽岁贡，换一个“太平国主”。但对于一个霸气的君王而言，卧榻之侧，又岂容他人酣睡。

南唐朝中，并不是没有清醒的人。名将林仁肇，骁勇善战，人称林虎子，他就曾向李煜请愿，趁宋军千里奔袭正兵困马乏时，给他们狠狠一击。

然而，此时的南唐，已向宋朝称臣。林仁肇若北伐失败，那就是造反。为了规避这个嫌疑，为了让南唐进可攻，退可守，林仁肇甚至建议，只要他一出兵，李煜就把他一家老小抓起来，向外宣称林仁肇叛变。

但是，即使林仁肇以全族性命作为赌注，李煜还是不敢赌。不仅不敢赌，他还中了赵匡胤的离间计。赵匡胤很知道，要灭南唐，就要先除掉林仁肇。

李煜的胞弟李从善，曾作为使臣出使北宋，后被赵匡胤扣押了。

一日，赵匡胤召见李从善，拿出一张画像问他："卿可认识此人？"

李从善一眼就认出画像中人是林仁肇，但他只说了句："似曾相识，但说不出姓名。"

赵匡胤哈哈大笑："真是贵人多忘事，这不就是贵国的林仁肇吗？他已跟我约定归降日期，以此画为信物。朕还给他修了处宅子在汴阳坊，你觉得如何？"

李从善回房后，马上写信告诉李煜。

李煜虽然不太相信林仁肇会叛变，但他却更信任胞弟的话。为防万一，李煜便赐死了林仁肇。

在发掘艺术人才上，李煜有过人的眼光，但在用人识才上，他却糊涂透顶。

林仁肇一死，南唐再无人可用，李煜在三十八岁那年，国破家亡。

亡国之前，李煜还在忙着给小周后筹办婚礼。

周娥皇体弱多病，二十九岁就撒手人寰。娥皇生病期间，其妹妹小周后来宫中照顾，娇俏可爱的她，迅速俘获了李煜的心。

国事艰难，但李煜却不愿意委屈了小周后。怜香惜玉，体贴入微，是他的天性。他不顾群臣反对，还是为她精心准备了一场婚礼。

封后大典那日，吸引了全城百姓观看，御街两旁，挤满了行人。很多人爬上屋顶，以致有屋顶坍塌，死伤众多。

国运衰微的时候，连喜事都弥漫着悲凉之雾。

亡国之前，李煜的诗词，格调不大，写偷情的有很多，说是淫词艳曲，也不为过。如果他一辈子都生活在喜乐里，或许宋词的盛世，就要往后延迟几十年，甚至上百年了。

但，一切命数老天自有安排。

人生自是长恨水长东

亡国那日，李煜脱掉了龙袍，只穿了一件短衣，背着荆条，向不可一世的宋朝将军，递上了传承了三十九年的南唐国印。

“肉袒”出降，这是对一个国君最大的羞辱。

不过，于李煜却是心甘情愿，他只有一个心愿：“不要屠城，不要伤我百姓。”

这是他登基以来，最有担当的一次，也是最后一次。

宫娥乔氏，苦恋李煜多年。李煜感念她的诚心，曾手书一幅《心经》相赠。乔氏在亡国入宋后，明知道可能惹来杀身之祸，却依旧天天把书卷带在身边，直到李煜去世，才依依不舍地捐给相国寺。

捐赠时，她在落款处，题字仍自称“妾”。

净德尼院的八十多位女尼，感念李煜多年来对她们的爱护，在城破之日，全体静坐在斋堂，点燃了柴火，在袅袅佛音中从容殉国。

拜别太庙时，宫人们自发为李煜奏了最后一曲，李煜对她们而言，不是主人，是知音。弦音凄凄切切，惹得李煜慷慨悲歌：

四十年来家国，三千里地山河。
凤阁龙楼连霄汉，玉树琼枝作烟萝，几曾识干戈？
一旦归为臣虏，沈腰潘鬓消磨。
最是仓皇辞庙日，教坊犹奏别离歌，垂泪对宫娥。

“四十年来家国，三千里地山河”，这种悲壮和自豪感，李煜身为南唐皇帝时，从来没有感受过。做了亡国之君，诗词里却有了前所未有的气魄。

赵匡胤极具羞辱性地给李煜封了一个“违命侯”的爵位。

自此，李煜要开始品尝这人间最极致的痛苦和屈辱了。

第一个，就是捧在手心的小周后，频频被宋主召去，每次都是一去几天，回来就哭成泪人，作为一个丈夫，一个男人，还有什么比这更屈辱？

世人多骂刘禅亡国后，连悼念故国的念头都没有，晋朝皇帝故意羞辱他，他还没心没肺地说："此处乐，不思蜀也。"

其实，阿斗大智若愚，能忍常人所不能忍，他不思蜀，但留住了性命。

就连和李煜同期的后蜀亡国之主孟昶，也知道夹着尾巴做人，他从不敢在宋主面前流露出一点故国之思。

但李煜就是那样单纯，他快乐了要说，悲哀了要说，思念了要说，痛苦了也要说。他不停地写，不停地述说着对往日的无尽想念。

他太天真了，真是极可爱，又极愚蠢。

他说："醉乡路稳宜频到，此外不堪行。"只有在醉梦里，路才最好走。世事对他这个未曾识干戈的赤子而言，实在太难了。

"剪不断，理还乱，是离愁。别是一般滋味，在心头。"

昨晚做了个梦，梦里他还是那个风华绝代的国主，他真不想醒来："梦里不知身是客，一晌贪欢"。

"故国梦重归，觉来双泪垂。"无限江山，别时容易见时难。

这梦太美了，美到足以让宋主动了杀心。

既然你这么爱做梦，朕就赏你一个永远不会醒来的梦吧。

四十一岁这年的七夕，李煜过生日。

当晚，南唐宫中的旧人，忽然获准来给李煜拜寿。这是亡国三年来，人最齐的日子。

故人重逢，李煜更是悲从中来，他写下了人生中传唱最广的一首词：

春花秋月何时了，往事知多少。
小楼昨夜又东风，故国不堪回首月明中。

雕栏玉砌应犹在，只是朱颜改。
问君能有几多愁，恰似一江春水向东流。

——《虞美人》

这是一首送命词。

宋主看到这首词，当即给他送来了牵机药。此时的宋主，已是杀兄自立的赵光义，史上声名赫赫的用毒高手。

服用牵机药，不多久李煜就汗流如注，全身抽搐，头足相触，那样子，像极了一张织布机。这毒最骇人的是，它不会让人立刻死掉，而是一寸寸把人慢慢折磨到死，最后连尸体都会一直抽搐。

李煜生于七夕，死于七夕。或许，冥冥中这就是定数。

他死后，小周后失去了最后一个坚持下去的理由，不多久就追随他而去。

李煜和乾隆皇帝，堪称史上最爱写诗作词的两代帝王。但乾隆一生作诗四万首，却比不上李煜一句“人生自是长恨水长东”。

乾隆有后宫佳丽三千人，却找不出一个像窅娘这样，愿意为知音，不惜一切的宫娥。

乾隆被史家称为史上最幸运的皇帝，他一生都是万人之上，尊荣备至，却不如李煜，能得小周后，无论尊卑，无论宠辱，无论生死，都永远相随，把他放在心尖。

翻阅李煜一生流传下来的 69 首诗词，完全可以窥见他的一生。因为里面写满了他的欢喜哀愁，这份赤诚，让人感动又让人泪目。

感动的是，这世上怎么会有人活得这么真实，这么投入。

泪目的是，这世上怎么有人敢活得这么真实，这么投入。

他虽然没有什么政绩，但他宽容仁厚，怜香惜玉，爱护平民百姓。无数宫人明明知道南唐大厦将倾，但还是费尽心思留在他的身边。

只可恨，他活在了天下归一的大时代下，生生地把奇才活成一出巨大的悲剧。

词，在他之前，还是坊间不入流的俗文学，但他之后，就成了一种可以寄托家国之思的雅文学。

如此说，他虽是南唐的亡国之君，却是宋词的开国之帝。

也许，老天赐他那双重瞳，一重是让他看人间，另一重是让他看人心的。

只是，人世的造化太弄人。

篇三　元稹

曾经沧海难为水，你无可取代

文／丘吉鸟

情到深处，是绝情。

唐朝四大才女，他睡了一半，却被称为史上最专一的男人，只因深情。楚怀王曾做了个春梦，梦中一个仙女投怀送抱。两人交欢过后，仙女就乘云而去了。

楚王上前挽留，问她姓甚名谁，家住何处。

仙女说："我是巫山之女，家住巫山之阳，高山之阻。我早上幻化为云，晚上幻化成雨，如此，与王日日欢好。"

隔天，怀王站立窗前，看见朝云暮雨，就想起了昨夜那个梦。后来，我们都知道了"巫山云雨"。

一千年后，有一个诗人如是写就一首诗，用来悼念亡妻：

曾经沧海难为水，除却巫山不是云。

取次花丛懒回顾，半缘修道半缘君。

爱妻于他，正如短暂美好的巫山之云，独一无二，难以忘却。

“我这一生，还会走在花丛中，还会爱上很多人，但她们都不是你。”

这个男人，名叫元稹。

始乱之，终弃之

元稹的祖上，是北魏皇帝。

虽为皇族，但到了元稹的父亲元宽这代，家道已经没落了。

元宽资质有限，只当了一个小官，却一心想恢复昔日荣光。女儿十几岁时，元宽就曾逼其进宫，希望能一荣俱荣。怎奈女儿性格刚烈，一气之下削发为尼。所以，元稹就成了家里最大的希望。

元稹八岁时，元宽就去世了。就此，家境就更贫寒了。

为了早日考取功名，十五岁的元稹，选择了录取率很高的明经科，一战告捷。但是，“明经”出身不能做官，要做官，还要过吏部那关，所以，他还要继续备考。贞元十五年，元稹二十一岁，正在蒲州的普救寺游历。

一日，他在房中，突然听到寺外兵马嘈杂。一打听才知道，原来是崔相国夫人和女儿路过普救寺。谁知，当地驻军的头目，要强娶崔家小姐双文，故而围住了普救寺。

而巧的是，这个双文，竟是自己的远房表妹。

见妇孺受难，元稹随即写信给了蒲州的将军，将军一到，崔家得以虎口脱险。崔夫人设宴答谢救命之恩，答谢宴上，元稹一眼就爱上了双文。

宴席结束后，元稹多次向双文的侍女表白心迹，求她撮合。

双文的侍女，一早就看出了元稹的心思，也观察到小姐自从见了元稹后更爱叹气了，应该也非无意。于是，她给元稹出了个主意：

"小姐爱写诗，要不你就写几首情诗试探试探吧？"

写诗，可是元稹的看家本领，他当即作了两首交给侍女。当天晚上，侍女就拿来了双文的回信：

"待月西厢下，迎风户半开。拂墙花影动，疑是玉人来。"

元稹一看，狂喜一番："小姐这是让我今夜翻墙去西厢找她！"

当夜，元稹如约而至。不料双文却端坐着，一脸严肃地教训了元稹：

"哥哥救了我们一家，是义。但现在却以义来裹挟，做这些于礼不合的事情，跟乱臣又有什么区别？"

女人真是善变，元稹无奈又翻墙而出。

接下来几天，元稹一直郁郁不乐，有天晚上，好不容易入眠了，却突然听见双文的侍女的声音：

"来了来了，别睡了！"

侍女抱着枕头和被子，后面跟着的竟是崔双文。和之前的端庄严肃完全不同，月光下，娇滴滴的崔双文，又多了几分妩媚。

元稹虽然摸不着头脑，但美人投怀送抱自是不能拒绝。此后，双文都是夜半抱枕而来，天明携侍女而去，两人俨然夫妻。

但是，奇怪的是躺在床上时，双文总是默默地枕着元稹的手臂，不发一语。

元稹喜欢她的字，她就再也不写；喜欢她的文章，她就再也不作；元稹继续写诗挑逗她，她也不看；元稹知道双文才思敏捷，喜欢听她议论，她却装作浅薄无知。

她对元稹情深意重，却从不表达出来。

有一晚，双文在房里独自弹琴，曲子伤感动听，元稹偷听到了，求她再弹一次，她却怎么都不弹。

元稹永远猜不透她的心事。

他虽多情，却不懂女儿心。

几个月后，他的考期到了。他背负着家族复兴的职责，非走不可。临走的晚上，他默默无言，只是长吁短叹。

双文也明白，这个男人终究要走了。

“最开始，你不按礼法来，到末了，你又要抛弃我。既然如此，你又何必要对这次离开有这么多感触？你不开心，我也没什么好安慰你的。你不是喜欢听我弹琴吗，我最后满足你一次吧。”双文幽幽说道。

双文弹的是失传已久的《霓裳羽衣曲》，她弹得又乱又怨，听得元稹潸然泪下。突然，她猛地双手按住琴弦，泪流满面，夺门而出，再也没回头。

此去，他再也没回来。

曾经沧海难为水

元稹到京后，考试失利。

于是，他买了一盒胭脂，附信向双文倾诉失败的痛苦，双文回赠了他一枚从小佩戴的玉环：

“长安是个风月场，难得你未忘我。当初是我自己献身的，如果你引以为耻，不愿意守盟约，要追求大业，那我只能默默祝福。如果你还念旧情，那我也以这块玉环自喻：玉表示忠贞不变，环代表情意不绝。春风起了，人容易生病。勤加餐饭，勿念。”

落第后，元稹在友人的引荐下，见到了当时权倾一时的丞相韦夏卿。从一开始，韦夏卿就流露出了要招他为婿的意思。元稹的态度很暧昧，他没有答应，却频繁地出入韦家。

两年后，在韦相的推荐下，他终于及第，被授予一个小小的官职。

苦读不成的功名，竟来得这么容易。

他心系的双文虽富足，但崔丞相已死，无权无势，对仕途没有任何帮助，如此思来他动摇了。

元家等着他去振兴，他门第不高，即使做官，也难有出息，如果错过，可能这辈子就没有机会了。

最后，他决绝地选择了这场政治婚姻。

开始，他并不喜欢韦丛，只是相敬如宾地与她相处着。但他喜欢韦家，“韦门正全盛，出入多欢裕。”这是他抵抗不了的诱惑。

他刚做官，日子并不富裕。

严冬腊月，他伏案写作被冻得瑟瑟发抖，韦丛就把家里所有能穿的衣服都拿出来，披在他身上。

他想喝酒，没钱买正郁闷，韦丛就从外面拎了一壶回来。他一饮而尽之后才想起，韦丛哪来的钱？仔细一看，原来她把头上的金钗卖掉了。

他，慢慢地爱上了这个女人。

她虽是丞相之女，却无怨无悔地和他当贫贱夫妻。粗茶淡饭无怨，买不起柴，捡落叶来做饭也无怨。

况且，她的诗才一点都不输双文，并且她温良贤淑，不似双文那样让人琢磨不透。如此比较下，他的心里种下了她的位置。

在老丈人的帮助下，他的官越做越大。但可惜，就在元稹慢慢富贵起来时，韦丛却得了重病，只留下一个女儿，就撒手人寰了。

元稹此时正在外为官，公务繁忙，无法送葬。

他想起了以往含辛茹苦的岁月，当时开玩笑总和她说死死死的，但想不到玩笑话都成真了。韦丛跟他一起，没享过福，他的愧疚难以言表：“诚知此恨人人有，贫贱夫妻百事哀。”他梦见了妻子，她之前说过，要把那些旧衣送给下人，好让她们过冬。梦醒后，他便送了很多钱给下人。当年她跟着他一起受苦，现在他有钱了，只能用这种方式聊以补偿内疚了。

“惟将终夜常开眼，报答平生未展眉。”就让我的余生为你无眠吧，这样才能稍稍回报你那永远为我紧绷的双眉。

“曾经沧海难为水，除却巫山不是云。”这是，他给她写就的悼亡诗里最深情的一句。

是的。她，永远是他心头那个无可取代的巫山女神。

薛涛笺、女儿泪

中华诗典上，可能很难再找出比“曾经沧海”更专情的诗了。

不过，再专情的男子，都多情薄凉。他元稹也如此。在韦丛缠绵病榻的时候，在外为官的他，却已经有了新欢。

这新欢，即唐代四大女诗人之一的薛涛。

薛涛本是官宦之女，天资极高。可惜年幼丧父，为了养活相依为命的母亲，薛涛入了乐籍，成了一名乐伎。

后来，薛涛因才华出众被节度使韦皋相中，加上薛涛写就一手好公文，成了韦皋的得力助手。韦皋为此还特地向朝廷申请封她为校书郎。

名头一响，想通过她走后门的人就越来越多了。薛涛虽是女流，但性格狂逸，和男人接触也不避讳，惹得韦皋醋意大发，一怒之下就把她贬到蜀地去了。

刚贬到蜀地的时候，薛涛心里很是凄惨，未承想，在这里遇到了元稹。

这一年，正是元稹和韦丛结婚的第七年，他被派到蜀地做官。他久闻薛涛芳名，一到蜀地，就急忙约见了她。

宴会上，薛涛的琴和元稹的诗一相逢，两人就此金风玉露般胶着。

两人经常流连床榻与溪边，谈着风花雪月，许下海誓山盟。

但是，故事又重演。

三个月后，元稹离川，要到更繁华的洛阳做官去了。他留下会回来迎娶薛涛的承诺，之后就再不见踪影。

元稹走后，薛涛相思成疾，她每天都给元稹写情诗，嫌宣纸不够好看，她还采来花瓣，做成染料，自制一种轻薄艳丽的笺，后人称为薛涛笺。

在桃红色的薛涛笺上，她附上一首首哀婉动人的情诗，然而，依旧没能把元稹唤回来。

和薛涛同样命运的，还有位列唐代四大女诗人的刘采春。

刘采春，还是江南有名的乐伎，歌喉婉转，远近闻名，所以吸引了元稹。只是，依旧是窠臼，元稹招惹了她，后又始乱终弃。

于元稹而言，薛涛和刘采春，虽然都是难得一见的女才人，但她们毕竟是乐伎，对他的仕途有百害无一利。所以，他虽流连花丛无数却不让自己沾染片叶，他这一生，为了权位，实在是欠了太多女人的泪。

只怪，这些女人都太深情，以至于给了他元稹一支笔，让他亲手写下命运的悲剧。

此生不复相见

男人好像都忘不了初恋。一千年后是这样，一千年前也是这样。

多年后，元稹还是没能忘记双文。

他写就一首“半欲天明半未明，醉闻花气睡闻莺。猧儿撼起钟声动，二十年前晓寺情”的诗，情深义重里念的都是双文。

他忘不了最后一次见到双文，双文摔琴而去的那一幕。每个夜半时分，对元稹而言，都像一场让人形销骨立的春梦。

后来，他又经过了双文家。双文早就看透元稹不会回来，听闻他已娶了丞相之女后，也决绝地嫁了他人。

可是，元稹真忘不了双文，他找到双文的丈夫，跟他说，我是双文的表兄，途经此地，想和她一见，不知可否？

不过，被双文一口回绝。

后来，双文又托仆人送来了一首诗：

弃我今何道，当时且自亲。

还将旧时意，怜取眼前人。

冷冷的几句，将他们之间的情意断绝。

想他元稹一生娶了两妻一妾，每次都是许下海誓山盟，但转头就接受下一任。他写得最好的诗，都是悼亡诗。

他把和双文的故事，更是写就一部传奇，即后来惊才绝艳的《西厢记》的原型。其间，他化名张生，双文化名莺莺。

他一生都在给女人赋诗，使得他被当时和后代的诗评家骂得体无完肤。

如此看，他是多情，只是太过多情往往会负情，不是负她，就是负她。

最后，他在妻子裴淑的温柔乡里告别了这个他亏欠太多的花花世界。临死前，裴淑还在弹琴给他听，但他听着裴淑的琴声，心里却在想着几十年前，双文摔琴而去的那一晚。

那一晚的月色，缕缕穿透人心。

篇四 陆游

东风恶，欢情薄

文／丘吉鸟

世事纷纷扰扰，千百年后，一切又从头。

清末，戊戌变法失败，梁启超仓皇逃亡日本，陷入了从未有过的绝望。

逃亡的日子，他很喜欢看陆游的诗。越是艰难困苦，越显一派雄浑之气。它们像一束光，照亮了梁启超的心，如是他盛赞：

诗界千年靡靡风，兵魂销尽国魂空。
集中什九从军乐，亘古男儿一放翁！

论气节，陆游确实是当之无愧的真男儿。

但若论感情，则未必。

我生学步逢丧乱

1125 年，淮河之上，北风正紧。

淮南转运使陆宰，正在官船的甲板上焦虑地踱步。过了一会儿，船舱内传来一声清脆的哭声。侍女出来报：“恭喜老爷，是个小官人。”

难道是天意？今早夫人才跟他说，昨夜里她梦见了秦观。

秦观，字少游。不仅写得一手婉约词，还深谙兵法，胸藏百万兵。时下国事日艰，一场大战不可避免，梦见秦观，是预示着这个孩子将领兵上阵，保家卫国吗？

既然有缘，不如就给他起名陆游，字务观吧！

但陆宰没有心思沉浸在儿子出生的喜悦中。他刚刚得知，几个月前，金人和宋军一起，联手灭掉了和大宋对峙了一百多年的辽国。

举朝都在庆祝，陆宰却开心不起来。这一次和金人的联手，已经彻底暴露了宋军的无能，贪得无厌的金人，下个目标会不会就是大宋？

事实证明，陆宰的担心并非杞人忧天。

1126 年，靖康元年，陆游出生的第二年，金人顺手就把宋朝的都城攻破了。徽宗和钦宗被俘，皇室的女眷悉数沦为军妓，金人烧杀抢掠，东京城一夜成了鬼城。史称“靖康之耻”。

早年哪知世事艰

兵荒马乱中，钦宗的弟弟赵构被拥上皇位，成了宋高宗。

宋高宗登基后，起用了大将岳飞。十年间，岳家军打得金国节节败退。收复失地，迎回二帝，一雪前耻，已是指日可待！

但小人秦桧最知道，高宗最怕的就是迎回二帝。所以，在高宗的默许下，他与金国达成协议，杀了岳飞，两国停战。

1142年，岳飞以谋反罪被捕，被杀于风波亭。

岳飞被杀后，陆宰不屑与主和派共事，愤而退居山阴老家。有友人常常到陆家谈论国事，激动时，众人痛哭流涕，对投降派恨得咬牙切齿。

这一切，都被少年陆游看在眼里。

父亲与友人的赤子之心，给陆游的人生染上了忠烈报国的底色。

人间可恨知多少

要立业，先成家。

二十岁这年，陆游和青梅竹马的表妹成亲了。

表妹唐婉，和她的名字一样，温婉动人。作为名门之后，她自小熟读诗书，琴棋书画无一不精，和陆游简直是天生一对、地设一双，陆游爱写诗，唐婉爱陆游，两人终日吟诗作画。

陆游每有新作，唐婉都是他的第一个读者。夫妇俩都爱花成痴，冬春之交，两人会相携一起踏雪寻梅；夏秋之季，唐婉就把菊花瓣采来晒干后做成枕头，由此满室之内，都弥漫着清幽的菊花香。

婚后的前三年，他们都把彼此爱到骨子里，日日沉湎在温柔乡里。

陆家是山阴的望族，史称江南藏书第一家。陆家三代都在朝中举足轻重，陆母更是北宋名相唐介的孙女。

陆游在所有兄弟中，天资最高，继而父母对他的教育尤为用心，陆宰从他刚学诗时，就带着他四处拜名家为师。读书、考举、做官、出将入相、匡扶皇室，是陆游已经被安排好的人生。

这样日日沉溺于儿女私情里，是陆母万万不能容忍的。

一日，陆母前往一个尼姑庵烧香，为陆游卜算前程。那老尼跟陆母说，唐婉是个克夫灾星，要休掉她，陆游才有出头日。

陆母一听：难怪了！儿子自幼聪慧，早该中举了。但成亲后，却两次都没考上。三年了，连一儿半女都没有，果然是灾星！

回家后，陆母即强烈要求陆游休妻！陆游当然不肯，于是陆母就玩起了以死相逼的把戏。

在当时，不孝是天大的罪名。不仅会被人戳破脊梁骨，而且，从今往后仕途就无望了。因为人们相信，不孝之人，必然不会是个忠臣。

迫于压力，为了前程，陆游只得忍痛把唐婉休了。

可是，他真不舍唐婉，所以偷偷将她安顿在一个别院里，隔三岔五地过去看她。他告诉唐婉，等他高中了，就去求母亲，接她回去。

他自以为想到了一个两全之计，但没过多久，金屋藏娇的事情还是被母亲发现了。陆母勃然大怒，严令禁止二人再有任何联系。

陆游还是太在意自己的前途了，他告诉自己，匈奴未灭，“学者当以经纶天下自期”。再加上母亲的逼迫，他选择了忍痛割爱，彻底与唐婉断了来往。

第二年，他迎娶了母亲精心挑选的王氏。

既然情场失意，陆游干脆斩断情丝，发奋读书，一心赴下一次的临安省试。

自古权奸害忠良

其实，陆母错怪唐婉了。陆游之所以屡试不第，是因为他抗金心切，在文章里暗讽得势的主和派，所以没有考官敢收他。

也真是冤家路窄，陆游铆足劲儿参加的这次省试，恰好碰上了秦桧的孙子秦埙也一同应举。秦桧想让他的孙子省试、殿试都是第一，最后拿个状元光宗耀祖，连主考官都打点好了。

如果这次的考官，是个趋炎附势的，倒还好，偏偏遇上的是一个叫陈子茂的硬骨头。他看到陆游的文章后，极为赞赏，果断把陆游圈为第一，秦桧之孙秦埙屈居第二。

秦桧闻讯大怒，他先是把陈子茂下狱，随后命令礼部在殿试中不准录用陆游。放言只要他秦相在一天，陆游就永远别想入仕。

现实给陆游浇了一盆彻骨寒的冷水，忍痛割爱换来这样的结局。

满腹平戎策，无处可施展。

现实的残酷，要比他小时候听说的无情多了。

曾有惊鸿照影来

官场失意，权奸当道，收复江山无望，在临安蹉跎了几年之后，陆游垂头丧气地回到家乡山阴。

山阴城外的沈园，是当地的名胜。

有一天，陆游独自来到这里散心，好巧，竟偶遇了同来散心的唐婉。但不巧的是，唐婉身边，还跟着她的丈夫赵士程。

陆游不是没有听说过赵士程。他是仪王之子，堂堂宗室子弟。在对唐婉一见钟情后，不惜与父王翻脸，情愿放弃爵位和家产，也要和弃妇唐婉在一起，真是闹得满城风雨。

同是为了心爱的女人，有人不爱江山爱美人，有人却背弃了海誓山盟，选择了功名和前程。

旧情人相逢，赵士程大度地离场，只留下陆游与唐婉四目相对。

十年了，她比以前瘦弱多了。陆游想亲口问，赵士程是不是真的像传闻中说的对你那么好？他懂不懂你，会不会跟你一起看梅花，喜不喜欢你做的菊花枕。

但他没脸问，平时想了一肚子的话，现在却一个字都说不出口。

彼此沉默了一会儿，唐婉僵笑着转身离开，她按捺住心中的翻江倒海，佯装平静地回到了丈夫身边。

离开后，她托仆人送来一坛酒，这种酒，以前他俩经常喝。

陆游一边喝着这坛别有滋味的酒，一边回忆着曾经的点点滴滴，朝思暮想的情人就在眼前，他却一句话都说不出口。

他压抑的情意，终于被酒冲溃决堤，于是提笔，在沈园的墙壁上留下了那阕《钗头凤》：

红酥手，黄縢酒，满城春色宫墙柳。
东风恶，欢情薄。
一怀愁绪，几年离索。错、错、错。
春如旧，人空瘦，泪痕红浥鲛绡透。
桃花落，闲池阁。
山盟虽在，锦书难托。莫、莫、莫。

你身边已有赵士程，我也已为人父，千言万语，更向何人说。

心事虽然没人可说，但陆游这阕词，却很快就成了街头巷尾的八卦。

有好事者，不仅用竹子围住了它，还专门请石匠把它刻在了墙上，引来游人如织。陆游与唐婉，还有皇室宗亲赵士程，这三人的故事，在山阴这个小地方，越传越难听了。

赵士程假装没有听到流言，他不仅严禁下人议论，更是加倍地对唐婉好。他知道陆游一心想从军报国，便去求在福州带兵的姐夫，给了陆游一个福州主簿的官职。

只要唐婉开心，他做什么都好。

但一年后，唐婉还是知道了这首词，那一字一句都在剜她的心。她忍不住回了一首：

世情薄，人情恶，雨送黄昏花易落。
晓风干，泪痕残。
欲笺心事，独语斜阑。难、难、难。
人成各，今非昨，病魂常似秋千索。
角声寒，夜阑珊。
怕人寻问，咽泪装欢。瞒、瞒、瞒。

物是人非啊，我估计也命不久矣了。每天为隐瞒心事强颜欢笑，真是用尽了我所有气力。

果然，在留下这首词后不久，唐婉就香消玉殒了。

赵士程倾尽所有，也没留下唐婉。

唐婉死后，赵士程心如死灰，终日对着唐婉的遗物发呆，半痴半癫。这位痴情公子，亦终生没再娶。

死去元知万事空

陆游和辛弃疾，被誉为宋诗与宋词的两大高峰。

但讽刺的是，对于他俩而言，写诗作词只是消遣，上阵杀敌才是夙愿。

怎奈生不逢时，满腹经纶，最后却只成就了文名。

陆游一生经历了六个皇帝，这些皇帝大多数都知道他，却没有一个真正重用他的。因为他总是要抗金，总是要进谏，烦死了。

但他民望太高，不给他个官做又有伤皇帝的圣明。所以，他一辈子都是在边远的地方做些小官，直到晚年，才被皇帝召回京师修史书。

他可谓是古代难得一见的长寿诗人，活到了八十五岁，写了几千首军旅诗，可悲的是真正从军的日子，却仅仅只有八个多月。

当年万里觅封侯，匹马戍梁州。

关河梦断何处，尘暗旧貂裘。

胡未灭，鬓先秋。泪空流。

此生难料，心在天山，身老沧州。

这一首军旅小令，最能将他抱负无望的遗憾表露。

年轻时，为了实现报国大梦，他放弃了一生挚爱。他最没想到的是，当年自己那一阕《钗头凤》，却让唐婉卷入流言的旋涡，变成杀她的刀。

如今，报国梦碎，伊人也香消玉殒几十年。真是造化弄人啊！

当所有的希望成空后，七十岁的陆游，又回到了沈园。

城上斜阳画角哀，沈园非复旧池台。

伤心桥下春波绿，曾是惊鸿照影来。

当年你走过这座桥，倩影照水，翩若惊鸿，我的婉儿多美啊，美得令人心碎。

梦断香消四十年，沈园柳老不吹绵。

此身行作稽山土，犹吊遗踪一泫然。

婉儿，四十年过去了。我曾以为时间会疗愈一切，可为什么我都要入土了，却还忘不了你。

三年的夫妻缘分，他用却了一生来暗自怀念。

直到去世前一年，他还拖着老迈的身体，来到沈园，题下这一首：

沈家园里花如锦，半是当年识放翁。

也信美人终作土，不堪幽梦太匆匆。

八十五岁时，失意一生的陆游，带着对唐婉的愧疚，对国事的遗恨与世长辞：

死去元知万事空，但悲不见九州同。

王师北定中原日，家祭无忘告乃翁。

六十九年后，南宋灭亡。

陆游的子孙，终究没有等来王师北定中原之日，他们等来的，是比金人更凶残的蒙古兵，铁蹄之下，南宋连偏安一隅，都成痴心妄想了。

世事纷纷扰扰千百年后，一切又重头。

只有沈园依旧，柳树年年发新芽，梅枝岁岁复开花。未知九泉之下，旧情人相逢，陆游是否会后悔，是否也为自己的选择遗憾过。

篇五 王维

明月清朗，爱恨得失

文／丘吉鸟

人间最难熬的，是清静。

宋代大词人秦观，一次因为水土不服，上吐下泻。

访遍名医，也不见好。

好友高符仲听说后，带了一幅画来看他。

没想到，求医问药大半个月都没用的病，竟然因为日日看这幅画，他的病竟然好了。

这幅神奇的画，就是王维的《辋川图》。

王维，唐诗里唯一的人间佛。

苏轼曾评他："味摩诘之诗，诗中有画；观摩诘之画，画中有诗。"

他一生经历了繁华到荼蘼的开元盛世，也经历了一夜轰塌的安史之乱。

他人生的上半场，活得让人望尘莫及；他人生的下半场，活出了令人艳羡不已的最洒脱的禅意。

翩翩贵公子

在唐代，望族的地位甚至超过皇家。

唐太宗，也曾遇过朝会讨论招驸马时，朝中大臣个个装病的窘境。

因为大臣们都只想和五大望族联姻，看不上皇家这门亲戚。

而王维，其父族太原王氏，就是唐代五大望族之一；其母族博陵崔氏，更是五大望族之首。

王维的出身，可谓贵之又贵。

更令人羡慕的是，他不仅出身好，天分还奇高。

三国时，人夸周瑜善识音律，就算喝醉了也能听得分毫不差。但到了王维这，那不过是雕虫小技而已。

曾有人得了一幅奏乐图，想给画题名，却不知道他们在表演什么。王维只看了一眼就说：“所弹乃《霓裳羽衣曲》第三叠第一拍。”

这人死活不信，找来乐工演奏，演到第三叠第一拍，姿势神态果然和画上分毫不差。

老天简直把最好的东西都集中在王维身上。

他，人长得“妙年洁白，风姿郁美”，十七岁就凭一首《九月九日忆山东兄弟》独步长安；二十一岁，就高中皇榜第一，成为唐代最年轻的状元郎。

而那时的李白还在青城山练剑，杜甫还未识字读书。

当朝最有权势的歧王，是王维最忠实的读者。歧王为了把他引荐给公主，还在王宫中专门设宴，让王维冒充乐工，在玉真公主面前献曲。

王维先用一曲《郁轮袍》惊艳了公主，再凭一首《相思》俘获了公主的芳心。

王维人生的开场，就是这样一幅风生水起的少年怒马图。

在一骑绝尘中，遥见陌上人如玉，公子世无双。

卿卿有情郎

王维在歧王宅里的惊艳亮相，给他带来了无上荣耀，也给他罩上了皇家的金丝笼。

公主，赏他做了一个管理宫廷音乐的坊司。

这个闲职最大的好处，就是可以自由出入宫门。不久之后，宫中还传出玉真公主欲招他为驸马的传闻。

但王维来京之前，早已有了心上人。这时候公主的青睐，就成了烫手的山芋。

有一次，王维赴宁王府的宴席。宁王身边坐着一个宠妾，她原是王府附近一个卖烧饼的人的妻子，因被宁王相中，强行夺走。

酒过三巡，宁王问妇人：“你还想念你卖烧饼的夫君吗？”

妇人低着头不答。

宁王即刻命人去把卖烧饼的人抓到堂上。妇人见到阔别的丈夫，顿时泪流满面。

宁王有些尴尬，遂叫众人作诗，王维最先作了一首《息夫人》：

莫以今时宠，能忘旧日恩。
看花满眼泪，不共楚王言。

曾经楚国的息夫人，本是息侯的妻子，被楚王强行夺走。来到楚国后，她从不主动说话。

楚王问她为什么，她答："我一个女人，伺候两个丈夫，既不能死，又有什么话可说的？"

宁王一听就明白了。

王维这一首《息夫人》，就是在借息夫人之事，讽喻宁王夺人所爱。

宁王一看之下，只好放了烧饼夫妇二人回家。

王维哀别人，也是自哀。

心中想着心上人，面对公主的垂青，正在两难之间。烧饼夫妇的重聚，让王维下定了决心。

于是，他不惜冒犯公主，私自回家完了婚。

成亲之后的王维，失去了公主这把保护伞，而玄宗也一直忌惮王维和岐王走得太近。

恰在这时，身为乐官的王维，在乐工彩排时，无意多看了几眼皇帝才能看的《五方狮子舞》，一下就被贬到偏远的济州守粮仓了。

昨天还是风光无限的状元郎，转眼间一切就飘散如烟。

王维才刚刚尝到功成名就的滋味，就立马体验到了最无常的宦海沉浮。

被贬济州四年后，王维实在忍无可忍，愤而辞官，回家陪伴老母、妻子去了。

此时，妻子将要临盆生产。生活总算洒落了几丝光明。但微光很快被夺去了，妻子不幸难产，母子最终都没保住。

三十岁这年，王维跌到了人生的谷底。

十年之间，声名、仕途、爱妻，一切化为乌有。

诗人丧妻，都曾留下哀转久绝的句子。

元稹就曾写过“曾经沧海难为水，除却巫山不是云”。

苏轼也曾写过“十年生死两茫茫，不思量，自难忘”。

归有光更写过“庭有枇杷树，吾妻死之年所手植也，今已亭亭如盖矣”。

但这些人却都在留下诗后，回头又立马觅得美人归。

唯有王维，一个字都没写给亡妻。只是终日静默，枯坐庭前。

他用了三十年，在史书里写下一句“孤居三十年，终身未娶”。

有情之人，舍得了富贵，守得住孤苦。

他不需要告诉别人他爱得多深沉，但只要爱一人，他就会用尽一生。

飘飘乱世客

“摩诘，你可知道，为母为何要给你取名维，字摩诘吗？”王维母亲是个佛教徒，跟随着南宗首领学法，对佛法的领悟很得精髓。

“孩儿知道，‘维摩诘’是天竺高僧的法名，意为干净、无垢。母亲是希望孩儿能一生洁身自好，不与世俗合污。”

“错了，母亲不是要你以高洁自诩，而是要你看开苦乐两境，不问宠辱，不问成败，只问本心。既不必汲汲于富贵，也不用被清高名节所累，因为骄傲的人，心里装的还是自己。”

王维顿悟，三十岁这年，他的人生一分为二。

长兄为父，他要担起照顾他们的责任。

在得知恩师张九龄拜相后，他放下所谓的声名气节，坦然写信，直白求官，只希望能够让弟妹无衣食之忧。

“小妹日长成，兄弟未有娶。”

“贱子跪自陈，可为帐下不？”

什么叫“宠辱不惊”？

他不像李白一样，在被皇帝重新启用之后，就狂喜大喊：

“仰天大笑出门去，我辈岂是蓬蒿人。”

也不屑陶渊明，自己既无经济能力，却为了所谓气节和自由，让自己过得像乞丐，让妻子和儿女跟着挨饿受冻。

“一惭之不忍，而终身惭乎？”

为浮名所累的人，弯一辈子腰，也不见得有多高洁。

被起用回京后，王维仕途一路畅通无阻，直到官居五品。

但好景不长，张九龄被李林甫几句谗言挤走了。

王维又遭牵连，被打发去边远的凉州。

宦海沉浮，王维已经看开。他丝毫没有沮丧，而是用心去感受边陲迥别于京华烟云的风景。

“大漠孤烟直，长河落日圆。”

就是他在凉州写下的千古名句。

安史之乱平息后，继位的肃宗把所有曾经效忠安禄山的官员都杀了。

王维也曾经被迫接受过安禄山的伪职，但因亲弟弟王缙又拥戴有功，说得上话，他拿出了王维被俘时写下的亡国诗求情，加上重修的宫墙，需要画壁画，而当朝又数王维画技最高。

最终，王维死里逃生。

但至此，也把王维入世的热情全部浇灭。

一千多年后，天才作家张爱玲，曾写过这样的一段话：“炭起初是树木，后来死了。现在，身子里通过红隐隐的火，又活过来。然而，活着，就快成灰了。”

这段话，恰好能很好地表达那时候王维的心情。

人生得失无常，多的是我们竭尽全力也不能控制的事情。

既然无法控制，又何苦把荣辱得失放在心头？王维活明白了，人生在世，如寄蜉蝣于天地，渺沧海之一粟。只有江上清风，山间明月，才是永恒不变，无尽无竭的。

让自己的一生，去追逐无常里的宠辱，不是太可笑了吗？

空空诗中佛

“一生几许伤心事，不向空门何处销。”

人生的下半场，真正的敌人其实是自己。

安史之乱平定之后，肃宗虽然是皇帝，但还有个太上皇玄宗。

王维又一路高升，做到了尚书右丞。

但他心里明白，肃宗不过是利用他，和贪恋权柄的父亲赌气。他只想把那些曾经不被玄宗重用的，都推上高位。

这点，王维看得透彻，也不想再做无聊的政治棋子。

他每日有事上朝，无事就回自己的山庄，对政事装聋作哑，每日打坐参禅，作诗画画，过上了圆通混世、半官半隐的生活。

他离开朝堂，转身就进入山林，“行到水穷处，坐看云起时”。

他用自己空空如也的心境，给人们开辟了一个无限空灵、无限清静的诗意世界。

晚年唯好静，万事不关心。
自顾无长策，空知返旧林。
松风吹解带，山月照弹琴。
君问穷通理，渔歌入浦深。

你问我做了一世的官，可有什么心得？

我回答：你听见了吗，山水深处，渔歌袅袅真好听。

人间最难熬的，是清静。

但只有清静，才能让我们干净轻松地回家。

六十岁时，无病无疾的王维，像一个高僧般，在给世上他还记得的几个人留下书信后，就坐化了。

他闭眼，微笑，就像一个观棋不语的君子。虽不下棋，却参透了全盘，心里没有胜负，只有明月清风。

于是淡淡一笑，孑然起身，悄无声息地离开了这个浮沉无定的世界。

“我心素已闲，清川澹如此。”

人生的上半场，要活得气盛，活出高低。

人生的下半场，要活出真意，活出自己。

王维用后半生，完成了在人间最得禅宗要义的修行，成为千百年来离人间最近离得失最远的诗佛。

真好。

篇六 白居易

恨不相逢，初见时

文／丘吉鸟

一曲长恨有幽情，江州司马最伤心。

1100 多年前的一个夜晚，
唐宣宗李忱做了个梦。
他梦见来到黄帝的天宫，
黄帝的身旁，站立着一个玉面童子，
童子唱着《长恨歌》，衣袂飘飘，声脆如铃。

宣宗大为惊奇，问黄帝：
“这童儿是谁？小小年纪竟能背唱出《长恨歌》。”
黄帝笑曰：
“这小童的前世，就是长恨歌主白居易啊。
只因尘缘未了，他才到大唐走了一遭。”

宣宗还想再问，却见黄帝和童子腾云驾鹤而去，
瞬间无影无踪。
醒来后，宣宗忽闻内侍来报，
白侍郎已于几日前在洛阳病逝。
宣宗潸然泪下，挥毫落纸：
“童子解吟长恨曲，胡儿能唱琵琶篇。
文章已满行人耳，一度思卿一怆然。”

白居易一曲《长恨歌》，足以压倒全唐的叙事诗。
但世人多以为，曲里写的是李杨的爱情，
却少有人知道，
他是在借李杨之事，述说自己抱憾一生的相思。
“在天愿作比翼鸟，在地愿为连理枝。”
这句话，他最开始是说给他的湘灵听的……

少年成名

离离原上草，一岁一枯荣。
野火烧不尽，春风吹又生。

这是白居易十六岁时写的，
这首诗惊艳了盛唐，惊呆了顾况。
顾况何许人也？

唐人将其视作李杜的衣钵传人，
是天下学子争相拜谒的文坛巨擘。
少年白居易，也曾带着自己的诗去拜谒顾况。
顾况初看到白居易的名字，调侃道：
“长安米贵，白居可不容易。”
但看到“离离原上草”的句子后，
他又惊叹：“有才如此，居天下不难！”

白居易的诗名，很快就传遍了京城，
据说，他曾因为这首诗，
在酷夏的长安，
免费得到了一筐只有贵族才用得起的消暑的冰。
但就在天下人把这个少年捧上天的时候，
他却选择离开京师这个名利场，回到故乡符离，
因为故乡，有一个女孩让他魂牵梦萦。

初遇湘灵

母亲陈氏，十五岁嫁给了自己四十一岁的舅舅，
老夫少妻本来就有隔阂，
加之白父又常年在外做官，聚少离多，
压抑的婚姻让陈氏变得心态扭曲，
她把所有希望都寄托在了早慧的白居易身上，

严厉监控着儿子的一举一动。
书斋苦闷，又有严母在侧，
白居易终日郁郁寡欢。
十二岁那年，为了躲避政敌报复，白家举家搬到了符离。
路程遥远颠簸，白家幼子染疾去世，全家陷入悲痛。
就是在这个时候，邻家姑娘湘灵，走进了白居易的世界。

两个人，在中秋灯会上彼此一见倾心。
“娉婷十五胜天仙，白日姮娥旱地莲”，
是对她最好的形容。
她虽是农家之女，却身材姣好，清新如莲。
因为贫苦，她侥幸逃过那时礼教的束缚，
保存了一颗天真烂漫心。

白居易善谱曲，而她的歌喉让人如此着迷。
一个谱曲，一个唱和，
才子佳人很快就坠入爱河。
少年白居易，连梦里都是湘灵，
“还有少年春气味，时时暂到梦中来。”
不见湘灵，他害上了相思。
“抱枕无言语，空房独悄然。
谁知尽日卧，非病亦非眠。”
儿子突然变了个人，

母亲肯定是最快察觉的。
婚姻从来都是人生最重要的砝码，
但从来只有大家闺秀下嫁风流才子，
哪有名门之后娶村妇为妻的道理？！

她相当恼火：
“我白家是贵胄之后，三代为官，书香门第，
岂是你一个农妇可想入非非的！”
为了把这段感情扼杀在摇篮里，
陈氏把白居易送到了南方的叔叔家，
再后来，白居易就去了京城游历。
所以，此番从京城回乡，已经时隔三年了。

偷尝禁果

阔别几年后回到家乡，白居易直奔湘灵家去，
却只见木门紧闭，荒草丛生，湘灵一家不见踪影。
他失魂落魄地回家，问起弟弟白行简。

“哦！你走后，他们家也搬走了，不知道去哪儿了，
走之前，湘灵还抓了一把土放在锦囊里，
估计要永别家乡，不会再回来了吧。”
白居易怅然若失，但也只好作罢。

不多久，他就结识了家乡名士们——“符离五子”，
终日和他们游玩唱和，谈诗论文，不亦乐乎。
母亲又看不惯了，又动了让他走的心思。
“符离五子不过乡野之人，你每天和他们混在一起，
对你的仕途有什么帮助！
看来我也要学一学孟母三迁了。”

这一次，白居易据理力争，并向母亲保证，
以后不游玩，只切磋学问，才勉强留下来。
七八年后的一个春日，
白居易手捧书卷，漫步湖边，
他嘴里念念有词，却被远处的一辆马车吸引住了。
车里的人，是湘灵！
他们又回来了！

“我们一家去了越中给人种地，那里赋税轻。
但爹爹病了，想回家，所以我们就回来了，
这次回来了就不走了。”
白居易激动地抓着湘灵的手，语无伦次：
“我也回来了，我也不走了。”
这次见面，他们的感情急剧升温，
白居易常以与“符离五子”切磋为由，
在半夜无人时，就溜进湘灵家，

他们偷尝了禁果，享尽了云雨之欢。

“花非花，雾非雾，夜半来，天明去。

来如春梦几多时，去似朝云无觅处。”

有一晚，“符离五子”来到白家找白居易，

无意间跟白母说起，许久不见居易了，想念得紧。

白母眉头一皱，

他不是每天晚上都找你们去了吗？

怎么会许久不见？

不知是不是心理作用，

白母又隐约听到了湘灵的歌声，

她疑惑，难道七八年过去了，儿子还没忘了那个村妇？

她找来白行简一问，

一切都明白了。

白居易清晨回家，

堂上老母脸色铁青，

“搬！去襄阳！全家都到你父亲那里去！即刻走！”

白居易苦苦跪求母亲成全，

但母亲不仅不为所动，甚至连给他们告别的机会都不留，

“深笼夜锁独栖鸟，利剑春断连理枝。”

一夜之间，白家消失得杳无踪迹。

一路上，白居易强忍着悲痛，写了一首《潜别离》：

不得哭，潜别离；不得语，暗相思；
河水虽浊有清日，乌头虽黑有白时。

我不敢哭，不敢说，只能在心中和你暗暗告别，暗暗相思。
我母亲会有回心转意的时候的，湘灵你要等我。

天各一方

到了襄阳才半年，白父就不幸因病辞世了。
按风俗，白居易要带老父灵柩回符离。
一路颠簸坎坷，他终于回到家乡，
但湘灵一家又不知所终了。
他走之后，流言四起，
湘灵一家在符离真待不住了，只好远走。
白居易失望至极。

但自父亲去世后，失去靠山的白家，已经要靠着举债度日。
为了白家，也为了湘灵，
白居易只能忍住悲痛，发奋科考。
唐朝考进士难度极高，
白居易参加的那年，3000 多人只录取 17 人，他当然位列其中，还是最年轻的一个。
“慈恩塔下题名处，十七人中最少年。”
白居易意气风发，自比李杜，
立志成为唐兴两百多年来第一人。

他骑着高头大马，吹吹打打回到家乡，
白府大红灯笼高高挂，人流如织，喜气洋洋。
但邻家却孤灯一盏，隐约还传来几声啜泣。
是湘灵回来了，不过这一次她选择避而不见。
新科进士和乡野村妇，他们之间的距离，
已经比年少时更远了。

但白居易有心寻她，两人自然很快就又碰面了，
再见面，湘灵已经二十五岁了，
像她这个年纪的女孩，很多早就是几个孩子的母亲了，
只有她还在傻傻地等着白居易来娶她。
白居易感动心疼，他拉上湘灵，跪求母亲成全。

“当年你是布衣学子，她尚且配不上。
如今你是天子门生，她就更配不上你了！”
抗争了十几年依旧是这样的结果，
湘灵终于绝望了。
没过多久，白居易要回京赴吏部的选拔了。

临别的渡口，湘灵送了白居易一双她亲手做的千层底。

鞋成双，人孤单。

鞋尚能双行双止，人却要天各一方。

白居易肝肠寸断：

南浦凄凄别，西风袅袅秋。

一看肠一断，好去莫回头！

岁月让所有的我爱你，都变成了对不起。

上天于他们，何曾有一点善意。

误我百年

到京之后，白居易遇到了人生中最重要的一个朋友，

就是那个写下“曾经沧海难为水，除却巫山不是云”的元稹。

初遇元稹，他正在写《莺莺传》。

官家千金崔莺莺，为处理老父后事而暂居普救寺，

在这里，她遇到了张生。

张生爱慕崔莺莺的才貌，以诗传情，以琴撩拨，

莺莺春心大动，在婢女红娘的牵线下，和张生私定终身，

张生也是“夜半来，天明去”，俨然恩爱夫妻。

岂料，到最后他还是为了仕途选择放弃莺莺，

决绝地抛弃了莺莺。

一年多后，张生路过莺莺家，

此时莺莺已另嫁，张生却还想以莺莺兄长的身份掩人耳目，请求一见，被莺莺断然拒绝。

后来的后来，这个故事被改编为流传甚广的《西厢记》。

故事写得令人愤恨，却是以元稹和表妹的初恋为原型。

元稹就是那始乱终弃的张生，

他在故事里，把张生的这种行为称为善于补过。

因为他抛弃表妹之后，就攀上了丞相之女韦丛，从此青云直上。

元稹得意地把他的作品拿给白居易看，

白居易唏嘘感慨，

他为莺莺怜惜，也想起了他的湘灵，深感负疚。

他又借此之事说自己的遗恨：

“为君一日恩，误妾百年身。

寄言痴小人家女，慎勿将身轻许人。”

放浪形骸

湘灵，好像从此在白居易的人生里消失了。

心如死灰的白居易，开始疯狂狎妓。

在唐代，以他的官职，只能蓄养三个家伎。

但他则一人占了三十多个青楼女子，
他把天下女人都当玩物，
三年一换，之后就遣散，
“十载春啼变莺舌，三嫌老丑换蛾眉”。
他放浪形骸，任凭天下人戳他脊梁骨，
都不遗余力地糟践自己。

年近四十，身边依旧变换着各种女人，
他拒绝了所有说媒的人，坚决不娶妻。
再凶恶的母亲，也有体衰年老的一天，
她找来族人相劝，生死相逼，
寡母楚楚可怜，湘灵杳无踪迹，
娶与不娶，又有什么差别呢。
三十七岁，白居易终于在万般无奈下迎娶了杨氏。

同床异梦

白居易讨厌杨氏，
他对杨氏最有情的一句诗，
是新婚时的一句说教：“君虽不读书”。
他忍不住拿湘灵和杨氏对比，
湘灵是农家女，但她“娉婷十五胜天仙”，
杨氏是名门之后，但还“不如农妇识时节”。

他因功受封，杨氏沾光，

他觉得她不配：

“吾转官阶常有愧，君加邑号有何功？”

“倚得身名便慵堕，日高犹睡绿窗中！”

在他留传下来的诗里，

提及妻子的，除了说教，就是训斥。

被贬江州后，失意让他更无法抵御思念。

有一次，他在晾晒衣物时，翻到了那双藏在箱底的千层底。

心中再度翻江倒海：

“人只履犹双，何曾得相似？”

“欲忘忘未得，欲去去无由。”

所有的情随事迁，都禁不起一点嫉恨，

这一生，终究只剩长恨了。

自此永别

白居易五十三岁的时候，曾再度回故乡找湘灵。

再重逢，湘灵依旧未嫁，

虽是徐娘半老，但风韵依旧。

白居易走后，湘灵舍身佛寺。

未承想，到老了他们之间还隔着凡俗这堵墙。

白居易又愧又恨，想说的话，开不了口。

十多年后，年过花甲的白居易再次鼓起勇气，又回来找她，

这回他想，无论如何，都要和她在一起。

但湘灵连见他都不见了，

因为她不想他看到自己年老色衰的样子。

她回了白居易一封信：

“有赖父母的理解支持，我才能坚守终身非你不嫁的承诺。

父母去世后，兄弟们也很理解我，我得以继续留在佛寺中。

三十年来，我诵经念佛已经习惯了。

红尘之事，也都不记得了，你，也不要再来找我了。”

白居易老皱的手掐着书信，五脏俱裂。

他写了一首诗给湘灵：

别来老大苦修道，炼得离心成死灰。

平生忆念消磨尽，昨夜因何入梦来？

如果你已经忘了我，为什么昨晚还到我的梦里来？

湘灵看后，苦笑，她只是让弟弟替她传最后一句话，

“既然在梦里见过了，那就当我们已经话别了。”

白居易只得心碎离开。

符离中秋初相遇，

一见君郎误终身。

就让你永远记住我十五岁的样子吧。

本以为时间可以修复所有遗恨，
本以为五蕴皆空的佛法可以超度我的灵魂，
却想不到，即使吃斋念佛三十年，
面对你，
到头来我还是连“色即是空”都参不透。

长恨歌主

世人只知道苏轼旷达，
却不知道那是他从白居易处学来的闲淡消散。
他曾是朝堂之上的硬骨头。
锋芒所向，令权豪色变。
直到誓言成空后，他才渐渐参破穷达。
晚年的诗，格调不高，境界不大，
闲适淡泊中总带着一丝丝哀愁。
他不再把自己比作李杜，而自称是唐代的陶渊明。

“亭上独吟罢，眼前无事时。
数峰太白雪，一卷陶潜诗。”
他厌倦了争斗，遣散了所有家伎，
再美好的生活于他不过是：
“窗前有竹玩，门外有酒沽。
何以待君子，数竿对一壶。”

他一辈子都忘不了湘灵，
他把湘灵写进长恨歌，
在他内心深处，她的美丝毫不逊于贵妃：
“回眸一笑百媚生，六宫粉黛无颜色。”

在爱情里，他和玄宗一样无力，
“天长地久有时尽，此恨绵绵无绝期。”
他苦笑，这世上最无奈的誓言也许是：
“但教心似金钿坚，天上人间会相见。”

后来，《长恨歌》传到了日本，
上至天皇，下至黎庶，
全国无不顶礼膜拜，
他被日本人奉为文殊菩萨，
影响力远远超过“李杜”。

再后来，人们称他为“长恨歌主”，
一曲长恨有幽情，
江州司马最伤心。

篇七　明孝宗

春风十里，不如你

文／丘吉鸟

别人要你母仪天下，我独爱你性情飞扬。

明孝宗朱祐樘是明朝难得的一位明君，也是个奇葩皇帝。

别的皇帝后宫佳丽三千，他却一定要一夫一妻，宠妻宠到一点都不讲道理，也不分是非，没有底线。

别的皇帝子嗣成群，为夺江山你死我活，他却总共只生了两个儿子，其中一个还早夭。

他贵为帝王，在爱情和婚姻面前，却像一个痴心汉，真挚而卑微。

他和张皇后的故事是传奇，也是佳话。

名副其实的私生子

明朝史学家有一个公论：历史上三代以外，还能称得上明君的只有三个：汉文帝、宋仁宗、明孝宗。

明孝宗统治时期的明朝，被历史学家誉为“弘治中兴”。但可能很少有人知道，这位英明神武的皇帝，是个名副其实的私生子，而且他的生母还是从战场上带回来的俘虏，是广西一个叛乱土司的小女儿，姓纪。纪氏被俘以后，被带到皇宫，被安排为明宪宗——明孝宗的父皇当一个私人仓库管理员。一天，明宪宗从仓库路过，恍惚之间发现纪氏很美。一时性起，将她霸占了。

不曾想，一举中的，纪氏因此怀上了龙种，只是这并不是幸运的开端。

当时后宫当家的是比宪宗大十八岁，长得丑又狠辣的万贵妃。这个万贵妃，自从自己的孩子夭折之后，她就特别憎恨大肚子的女人，更听不得孩子的哭声，孩子是见一个就一定要弄死一个。

万贵妃听说纪氏怀了龙种，哪里能够容忍？

她立马派了一个宫女去给纪氏堕胎。但不承想纪氏的人缘很好，宫女回来撒谎说，纪氏只是肚子里长了个肉瘤，并没有怀孕。但为了保险起见，万贵妃还是将纪氏关进了冷宫。

朱祐樘，后来的明孝宗，就是纪氏偷偷在冷宫里生下来的。

孩子都生下来了，万贵妃自然不会放过，三番五次派人去弄死这个孩子，但都没有成。后来，万贵妃派去大太监张敏。没承想，张敏心软，冒着生命危险帮纪氏把孩子藏到一个密室里，偷偷用米糊养了起来。

万贵妃多次派人去搜这个孩子，都没能找到。

帮纪氏养孩子的不只张敏，还有被万贵妃迫害的整个后宫。朱祐樘就这样在阴暗的密室里，吃百家饭长到了六岁。那天，张敏正帮宪宗梳头，宪宗从镜子里看到了自己的白发，悲从中来："唉，我头发都白了，还没有个儿子。"

张敏趁机启奏："皇上，您已经有儿子了。"

就这样，宪宗见到了六岁的朱祐樘。这时的朱祐樘，瘦弱不堪，面黄肌瘦的，胎发都没剃过，乱蓬蓬地一直垂到地上，哪里是什么皇子，活脱脱一个野娃娃。

宪宗不管这些，惊喜大于一切，于是立马召集大臣，公布真相，并将朱祐樘立为太子，将他的母亲纪氏封为淑妃。

可这也不是纪氏苦尽甘来的时候。她不久就暴毙宫中，就连大太监张敏也吞金自杀。当然，这是万贵妃的杰作。

在密室的黑暗里见不到阳光，但至少可以活着。现在成了皇太子，能否长大，却成了一个未知数。

朱祐樘后来之所以能够活下来，靠的是善良的宫女和太监，以及万贵妃的对手们的庇护。长大，靠的则是奶奶和文武百官。

朱祐樘的奶奶，就是当朝的周太后，为了防范不测，周太后把他接到自己的宫里贴身带着，寸步不离。

有一回，万贵妃请太子到她的寝宫用膳。临走前，周太后千叮咛万嘱咐：什么都别吃！

朱祐樘去后果然茶饭不沾，只要万氏一劝他吃菜，他就说已经吃饱了。

万贵妃给了他一碗汤，怎么拒绝汤，太后没教，朱祐樘半天憋不出个理由，索性就说：“我怕你下毒！”

没办法，使计不成，万贵妃便将所有的精力都集中到一件事上来：唆使皇帝废了太子。这反而让其他后妃们有了可乘之机，宪宗也在空当中添了几个子嗣。

宪宗向来对万氏言听计从，好在群臣极力反对，又恰好泰山地震，众人声称这是天降异象，发出的警告。

这样，朱祐樘才保住了太子之位。

暗无天日的黑暗，朝不保夕的恐惧，谁都想不到堂堂一国太子，却有着如此幽暗的人生。

直到一个人来到他的生命里，他的世界才有了色彩。

这个人，即后来的张皇后。

春风十里，不如你

按照明朝制度，为防外戚势力膨胀，后妃们都来自民间。

所以，张皇后的父亲就只是个穷秀才。

张皇后从小活泼，机灵而刁蛮；而从小的苦难生活，也让孝宗仁厚而宽容。

两个人就这样彼此倾心，演绎了帝王版“一世一双人”的传奇和佳话。

朱祐樘登基，就是明孝宗；张氏被封为皇后，就是张皇后，也是孝宗此生唯一的女人。

孝宗对张皇后的宠爱，也实在是到了不讲道理的地步。

孝宗是个大有作为的君主，宪宗留下的大明王朝已经成了个烂摊子，但是孝宗不仅收拾好了这个烂摊子，还让明朝发展到了一个新的高度。

他登基以后，有大臣劝他为母妃报仇，惩治死去的万贵妃和万氏家族。但他却轻描淡写地说：“这违背先帝的意愿，我不忍。就到此为止吧。”

他还特别讲究孝道，特别注重遵循祖制，不过仅限于和皇后无关的时候。但凡只要是和张皇后有关的事情，祖制也是可以不管的。

按照祖制，皇帝是不能和后妃们同床过夜的。闺房之乐完事以后，后妃们必须由太监们拿着火把（据说是为了避免寒气入侵）护送回宫。

孝宗偏偏一定要和张皇后同床共枕而眠，就像民间夫妻一样。祖制？再说吧。

这还算好的。

有一年科考，一个叫魏庄渠的考生，本来已经被定为状元，却因殿试时，在试卷中写了一句：“我听说陛下每天待在坤宁宫的时候多，在乾清宫的时候少。”

英明神武，胸中有万里江山的孝宗，立马就玻璃心起来，觉得这是在指责皇后色诱皇帝，耽误了政事，便不顾整个内阁反对，夺了魏庄渠的状元，贬为二甲第九名。

其实这个考生，一点也没冤枉孝宗。

《蒹葭堂杂著摘抄》就记录过：

王问曰：“皇帝视朝，有早晚乎？处纶启：“皇帝视朝，或平明，或日高，早晚无节。中朝人有云。‘昵爱皇后，视朝常晏。’”

和上朝比起来，当然是同皇后耳鬓厮磨、你侬我侬来得惬意。

当朝首辅刘吉，尸位素餐，被称为“纸糊阁老”，又多年来结党营私，劣迹斑斑。但无论怎么被弹劾，他就像不倒翁一样始终位居内阁，人又称其“刘棉花”。

张皇后自幼和两个弟弟很亲厚。孝宗不仅给两人加官晋爵，还亲笔给张氏家庙题词“龙窝”，划了三十顷良田，调动上万官军给岳父修陵墓。这不只是有违祖制，甚至是有悖朝纲了。连刘吉这么个只知道争权夺利，不务正业的老臣都坐不住了，于是，上书劝谏孝宗，说他不该这么过于优待张家。

可惜了这个满朝文武都弹劾不倒的首辅大臣，就因为阻止孝宗封两位国舅爷而被赶出了紫禁城。

满朝文武都知道，论国事，孝宗是个从善如流的明君，但唯独在皇后的问题上，眼里揉不得半点沙子。

什么万里江山，什么春风十里，在孝宗的心里，那都不如一个张皇后。

我独爱你性情飞扬

在大臣们看来，张皇后实在是个不称职的皇后。

事实上，她自己也好像从来没想过母仪天下的事情，只把自己当成一个男人的妻子。

在皇帝面前，从不称“臣妾”，而是说“吾”。任性，刁蛮，爱撒娇，还爱发脾气。

刚刚好，这一切孝宗都喜欢。

有一次，张皇后得了比较严重的口腔溃疡。久治不愈，吃饭喝水都成了问题，脾气也是越来越暴躁。她还拒绝吃药，宫女太监们都不敢靠近。

对此，孝宗不仅亲自挑选了可靠的人去照料皇后，自己还亲手给皇后喂药。宫人们小心翼翼地将皇后扶起来，他就一手端药碗，一手拿调羹。换作别人，面对当今圣上如此对待自己，早就匍匐在地，头磕得山响，大呼“罪该万死”了，但这位张皇后却敢怒目而视。孝宗并不为此而恼怒，而是耐心地一调羹一调羹喂她吃完药，还细心地端来漱口水。

当时，他想咳嗽，还特意跳下龙床，走到一边去，生怕惊吓到了心爱的皇后。

近期热播的网络大剧《延禧攻略》中，富察皇后最渴望的就是做回无拘无束的自己，最惋惜的就是被母仪天下的皇后身份束缚了自由。

然而，在同一座紫禁城中，同样的深宫高墙内，三百年前的张皇后做到了，而她却不能。如此说来，张皇后得孝宗一良人真是三生有幸。

作为皇帝，在内宫之中，这么宠溺皇后，也还罢了，他对张皇后的偏袒，简直到了没有底线但又可爱的地步了。

有人弹劾皇后的兄弟仗势行恶，抢占民田。孝宗派太监萧敬带人去核查。

太监萧敬查得事实，也不敢处理正主，只敢把国舅家里的两个奴才拿出来顶罪。萧敬回京向皇上复命的时候，正好张皇后和皇帝在一起吃饭。

听完汇报，皇后怒不可遏，不问青红皂白就大骂一通："那些地方官，无中生有污蔑我兄弟也就罢了。你一个狗奴才，也敢这样！"

孝宗在一旁无可奈何，也只好跟着皇后把萧敬大骂了一顿。

萧敬窝着一肚子委屈退下，孝宗马上又跟着出来，拉着他的衣袖子说："我刚刚说的话，并不是我的本意。你千万不要把这事儿告诉别人啊！"

萧敬一再保证，肯定不走漏风声，孝宗还不放心，特意给去办差的每个人赏了50两银子作为封口费，还不忘一再替皇后解释："其实皇后就爱开玩笑，刚刚就是逗你们玩的。这点意思，给你们压压惊吧。"

愣是生怕有什么风言风语，给皇后带来困扰。

别人要你母仪天下，因为你是他们的女王；我却只要你性情飞扬，无忧无虑，因为你是我的最爱。

皇后可以没有皇后的样子，孝宗不介意，不仅不介意，还心甘情愿成为帮凶。

爱一个人，真的会把她宠成她自己想要的各种样子。就如孝宗爱张皇后，无论她怎样，他都爱。

他走了，她只孤寂一人

遗憾的是，孝宗在当了十八年皇帝以后，就驾鹤西去了，年仅三十六岁。

就此，张皇后的天塌了。没有孝宗的皇宫，只是冷酷无情的权力角斗场。

孝宗一生只宠爱张皇后一人，总共生了两儿一女。其中一儿一女早早夭折，活下来的就一个朱厚照。

也许，是因为从小就没有经历过残酷的斯杀竞争，朱厚照从来就只知道吃喝玩乐，游手好闲，既当不好皇帝，也照顾不好母后，虽然荒淫无度，却没有留下子嗣。

朱厚照死后，皇帝的宝座让给了皇族的旁支——他的堂弟。

新皇帝继位以后，张皇后的境遇更是尴尬。

曾经被孝宗宠坏的她，到了晚年，只能看人脸色活着，小心翼翼，抑郁成疾，最后郁郁而终。

我常常感叹，既然孝宗那么宠爱张皇后，为什么就不让自己多活几年。人都被你宠坏成那样了，你走了，她一个人怎么办呢？

篇八 乾隆

别来多健忘，唯不忘相思

文／丘吉鸟

你走后，我变成了暴君。

乾隆爷五十五岁那年，在木兰围场狩猎，策马奔腾之际，近侍突然报：“启禀皇上，皇后娘娘，薨了。”

乾隆转头对十二阿哥冷冷地说：“永璂，你回去为你额娘治丧吧，朕就不回了。”

十二阿哥正要告退，乾隆突然补了一句：“按皇贵妃的规制办就够了，不能像先前操办孝贤皇后的丧礼那样来。”

明明是皇后，为何要以皇贵妃的规制入葬？乾隆特意提起的孝贤皇后，又是谁？为什么不能像操办她的丧礼一样安葬刚刚故去的皇后？

这一切，还得从三十年前说起。

她是帝王心上的白月光

孝贤皇后，就是大热的清宫剧《延禧攻略》里的富察皇后。

在以往的宫斗剧里，女人为了争帝心，各有一千张面孔、一万种权术。帝王们，有的蒙在鼓里，有的揣着明白装糊涂。

但只有这一对，不见权谋，只见眼角眉梢都是浓情蜜意。

曾经，为给皇后制造惊喜，乾隆像个热恋中的男孩，很早就期待着荔枝成熟，等到荔枝快成熟时，直接将荔枝树和土壤一起用船运送到京师，恰好运到京师荔枝成熟，他便费心地挑选了最好的送给皇后，只为博得皇后一笑，仿佛所有的爱意付出一切就都值了。

真的爱得霸气又暖心，亦羡煞世间无数女子。

这样的乾隆，还有小情绪的一面，素来以勤政和精力旺盛闻名的他，到了心爱的皇后身边就瞬间示弱起来，会疲倦、会撒娇，亦会闹小脾气，真的好笑又可爱至极。

生病的时候，更是将一个大男孩的心性流露无遗，在心爱的女子面前，他不再是一个不怒自威的君王，而是做回了一个任性闹人的孩子。

看剧的时候，很多人会以为，帝后的恩爱，只是后人杜撰吧，历史上的乾隆，就是个风流天子，见一个爱一个，哪有这么情深意重。

但不然，在正史中，乾隆可比戏里演的要深情多了。

富察皇后去世后，乾隆再也不让后宫嫔妃在他的寝宫留宿。每次都是宠幸后，就让嫔妃离开，自己独自度过漫漫长夜。四十年里，他的感情生活，只有性，没有爱。

他是中国历史上执政时间最久，最长寿的皇帝，却只立过三个皇后，第一个是富察，第二个是乌拉那拉氏，第三个是嘉庆皇帝的生母。

立乌拉那拉氏为后，是顶不住老太后的施压，礼法的要求，但她死后，乾隆却只准她以皇贵妃的规制入葬，因为在他心里，压根儿就没把她当皇后。

而嘉庆的生母，则是因为嘉庆当了皇帝之后，才循例追封的。

自始至终，在他心里只有富察才是枕边人，才配当大清的皇后。

富察皇后，出生于满洲镶黄旗，家世显赫。

雍正五年的一场选秀上，雍正一眼就为乾隆相中了富察家的女儿。当时，乾隆已经被内定为继承人。所以，雍正不是在给乾隆选妻，而是在给大清选后。

在西洋画师的油画里，富察皮肤白皙，眉目清秀，长相其实不算惊艳，却天然有种亲和的气度。她不喜欢涂脂抹粉、穿金戴银，却可戴几株通草绒花，就足以把后宫三千衬得俗不可耐。

但脱俗，只是一时的新鲜。

富察知道自己的身份，她不仅是一个妻子，更是这个统治万民的男人的左右手。

乾隆勤政、有抱负，发奋要打造一个盛世。富察精明、睿智，治理后宫宽严相济，尺寸拿捏得刚刚好，从不让乾隆心烦。

乾隆精力旺盛，入关后还保留着满人骑射的活力，富察下马能温良贤淑，上马亦可驰骋林场，她可以陪乾隆当万民的帝后，也能回到草原和他红尘做伴，潇潇洒洒。

但听话、漂亮、体贴的女人，后宫很多，乾隆要的，也远远比这个多。

富察的难能可贵在于，她就像乾隆身上一块贴身的暖玉，她能一早就感知到他的体温，调节着他的愁闷，日夜不离地守护着他。

一年秋天，乾隆带着皇后去打猎，聊起了先祖们当年创业的艰辛，谈及了关外旧俗，更谈起了那时初创帝业的时候，衣物的装饰都是用鹿尾绒毛搓成线缝在袖口，而不是像当今宫中用金线银线精工细绣而成的奢华。

乾隆，也不过是提了几嘴，回宫之后，富察便特意去找来鹿尾绒毛，绣了一个小荷包送给乾隆，以示不忘满洲本色。乾隆特别喜欢这个小荷包，终生都把它带在身上，形影不离。

乾隆的抱负，她不仅理解，也认同。

有一年，乾隆身上长了疥疮，奇痒难忍，要天天换药，小心呵护。富察担心宫女手笨，上药时弄疼乾隆，就把自己的被褥搬到乾隆寝宫侧室，亲自换药，天天如此坚持了三个多月，直到乾隆康复。

乾隆的冷热疼痛，她最能感同身受。

乾隆深爱的人，她也深爱着。

乾隆的生母，原来是个干粗活的宫女，出身低微，即使当了太后，还是保留了底层百姓的本色，日常都是大声说话大声笑，举止甚至有些鲁莽。

而富察出身贵族，行不动裙，笑不露齿，极重礼节，和婆婆可谓天差地别。

但她不只是表面恭敬，而是发自真心把她当母亲，日常起居，用膳，养病，都是自己亲自细心照料，不用宫女动手。老太后特别喜欢这个儿媳妇，甚至一天都离不开她。

乾隆是个大孝子，妻子爱他的母亲，成全他的仁孝，他很满意，很感动。

古来皇帝，多是住在这座有九千九百九十九间宫殿的紫禁城里，虽坐拥三千佳丽和数不尽的奴才，拥有着至高无上的权力，却终身生活在阴谋和危险里。

他们富有四海，唯独得不到真正的爱，成了天下最可怜、最孤独的人。

理解和体察，温柔和深爱，是富察皇后锁住乾隆一生的权术。

乾隆可能是中国历史上最幸运的一个皇帝，他和富察的相知相惜，是几千年来，这堵宫墙内最温暖的一个奇迹。

尽管皇后的容颜一天天褪去芳华，还有各色各样的美人被源源不断送入宫，但没有谁可以取代富察在乾隆心里的位置。

正是在富察的陪伴下，执政初期的乾隆，抱负远大，内心温柔，是一个幸福的丈夫，更是一个仁慈、宽厚、开朗的君主。

但天道忌全，人注定不配一生都尽享完美。

如果能留住你，我宁愿后继无人

雍正八年，乾隆和富察婚后的第三年，富察就为乾隆生下了一个儿子，雍正亲自给这个嫡长孙取名永琏。

琏，是宗庙中非常重要的祭器。

取名为琏，寓意很明显，这个孩子，将来是要继承大统的。

别人是母凭子贵，但乾隆却是爱屋及乌。他登基后的第一件事，就是把永琏秘立为太子。这段时间，帝后就像寻常人家的夫妻，每日看着自己的孩子渐渐长大，彼此之间也浓情蜜意，简直无以复加。

只是，造化弄人，三年后的一场普通感冒，竟让太子夭折了。为此，富察大病了一场，几天之内就形销骨立。

乾隆看着心疼，天天雷打不动地过来看她，留宿也越来越频繁。他知道丧子对妻子的打击，而最好的慰藉，就是让她再怀上，转移悲伤。

沉浸在悲恸中的富察，并没有因为丧子之痛而忘了疼惜自己的丈夫。她怕乾隆太担心，所以每次他来她都扯东扯西，绝口不提丧子之事。两个人，就这样小心翼翼地呵护着彼此，抚慰着彼此的伤心。

七年后，元气大伤的富察才再度怀孕。

乾隆当时已经有了六个儿子，但皇后怀孕，对他来说，才是天下最重要的一件事。

这一年的正月，乾隆破例不去圆明园过上元节，看烟火，而是留在宫里陪她过年。两人形影不离，在祥瑞的春雪里，期待着新生命的降临。

乾隆十一年的佛诞日，富察又诞下一子。孩子一出生，久旱未雨的天竟下起了大雨，这让他觉得这个孩子真是好极了："性成夙慧，歧嶷表异。出自正嫡，聪颖殊常。"

他又迫不及待地立他为太子，哄皇后开心。

但，这个孩子却在第二年大年三十的夜，出天花死了。

老天，注定要夺走他们的幸福。

皇后这次彻底被击垮，悲悼成疾。

孩子去世后的第二个月，三十八岁的乾隆，要开始即位之后的第一次东巡了，为了宽慰她乾隆想要带着她一起去。

出宫前，钦天监曾告诉他，天象不吉，“客星见离宫”。客星是一个不常见的星星，它的出现，预示着中宫有大凶。

不过，在乾隆看来，中宫已丧子，大凶已经应验，故而还是带着她出发了。乾隆牵着皇后，登上了泰山山顶，秀丽河山一览无余。但谁知，回到济南，皇后就感冒了，待几天也没好，皇帝一行又该返程了。

乾隆担心皇后身体吃不消，想陪她在这里养好病再走。善解人意的富察，知道圣驾在此，地方负担肯定很大，借口说还是回宫调养会更好，于是催着乾隆上路。乾隆特地改走不颠簸的水路。但就在上路的这天晚上，富察还是香消玉殒了。

那个雨夜，乾隆的痛哭，划破了天际。

在这一天，他不是权倾天下的天子，不是强势果敢的君王，而只是一个丧妻的鳏夫，一个天下最伤心的人。

皇后刚去世的那半年，乾隆经常睡不着觉，精神状态也变得不太正常，经常忘记自己接下来要做什么，刚刚说过的话就忘了，走着走着，也不知道要走去哪儿，每天都在发火。

别来多健忘，唯不忘相思。

他这辈子写了四万三千多首诗，但都写得很烂。唯有一百多首写给皇后的诗，写得情真意切，足以媲美大家。

他甚至怨恨他的两个儿子，要不是你们，我的妻子也不会离开我：

“早知失子兼亡母，何必当初梦盼熊。”

你走后，
我变成了暴君

乾隆十三年，乾隆失去了自己的妻子，大清失去了一个宽厚的皇帝。

就在乾隆感觉天塌下来的时候，大臣们却还只当死了一个皇后，照常办丧而已，为此，乾隆杀了很多人。

负责撰写悼词的翰林院，有一处满文译错了，杀！

葬礼上要用的金册，不够精致，工部全部问罪！

祭祀的桌子擦得不够干净，光禄寺全员降职。

那些没有及时奏请进京的，统统降职，削去军功！

百日内违制剃头的，管你是不是一品大员、封疆大吏，赐死！革职！

葬礼上，有两个皇子表现得不够伤心，乾隆怒斥：“此二人断不可承继大统！”彻底断了他们的政治生涯。

皇后去世时坐的那条船，乾隆要把它运回京城。所有人都傻眼了，那可是千吨巨轮，比城门还大，怎么运。乾隆不管，朕一定要留下这艘船。

乾隆即位十几年来，一直都是一个宽厚、温和的君主，他对自己的要求甚高，希望一举一动，都能成为后世的典范。

他不是野史里写得那么荒唐，他极重礼仪，饮酒不过数杯，对女色也很节制。

但皇后去世后，一夜之间他就变成了暴君。

他暴躁、迁怒、不讲理，他恨济南城，怨自己路过这里时，写了一首和牛郎织女有关的诗，是这个不吉利的故事，让他和妻子天人永隔。

他用尽一生，也没有平息对这件事的怨恨。

除了你，
谁都不配当皇后

后宫不能无主，老太后多次催促乾隆再立后，人都挑好了，也是跟了他的二十几年的妃子乌拉那拉氏。

但乾隆不愿意，在他心里，除了富察，谁都不配戴那顶凤冠。

直到四十岁寿辰，太后再施压，乾隆才勉强立后。

但诏书里，仍写着：“十余年来朕得以专心国事，皇后之助也。”这里的皇后，当然是指富察。

乌拉那拉氏，从一开始，就注定要生活在富察的阴影下。

天将大雨，他想起了当年皇后生子的情形。

起穿衣，他摸着皇后给他绣的荷包。

围场狩猎，他想起了当年和皇后一起策马。

他不停地写诗，不停地怀念。

六十大寿、喜获玄孙、四季变换，他人生的每一个片刻，都不忘写诗告诉富察。

他偶尔也会对乌拉那拉氏感到愧疚，他还写诗分析自己不爱乌拉那拉氏的原因：“岂必新琴终不及，究输旧剑久相投。”

其实她也没比你差到哪儿去，但我就是觉得不如你。

乌拉那拉氏也是草原的女儿，生性刚烈，她一辈子都在忍受着乾隆拿她和富察比较。终于，她也忍无可忍了。

那年，她陪皇帝游江浙。风光正好处，皇帝又在写诗，又在回忆着他和富察当年的浓情蜜意。她终于发狂了，剪了自己的头发，歇斯底里地大喊，当一个这样的皇后，还不如出家为尼。

但乾隆不仅没有愧疚，而是命人赶紧把乌拉那拉氏送回京。

一年后，这个一生都活在阴影下的皇后，抑郁而终。

乾隆八十岁的时候，又一次来到妻子坟前。他跟富察说：

“老婆子，我有三年没来给你上坟了，真是内疚。我现在八十了，他们都说我能再活二十年，但我不想活那么久，我太想你了，真想和你早点见面啊！”

是什么东西能让一个对权力无比贪恋的皇帝，连长生不老都不想要了，可能真的只有爱情和绵绵不尽的思念吧。

富察皇后三十七岁而亡，正是一个女人最美丽，也是她和乾隆最相爱的年纪。

她的离开，就像一朵牡丹之王一夜凋谢，所以君王才付出了一生绵绵不尽的遗憾和思念。如果历史有如果，这个时间，可能早一秒，不够难忘；晚一秒，白月光也变成了寡味的白米粒。

如此看来，有情人不能白头偕老，也未必就是个遗憾。

篇九 陈圆圆

用爱恨，念念一生

文／林饱饱

他冲冠一怒为红颜，我一夕倾城为君尽。

李自成攻下明朝首都北京，崇祯皇帝吊死在煤山。于是，李自成派人招安吴三桂。

吴三桂本来要投降，但一听陈圆圆被李自成手下一员大将抢去，一气之下，引清兵入关，合力打败李自成，夺回了陈圆圆。

“冲冠一怒为红颜”，就此大家对吴三桂有了柔情铁汉的印象，很多人羡慕陈圆圆有如此荡气回肠的英雄救美经历。

但其实，故事的女主角未必有多感动。

她真正爱的是这个书生

陈圆圆从小貌美，惊艳四邻，怎奈家里特别穷，父母养不起，只好把她寄养在做生意的姨夫家。

商人重利轻义，后来他们把圆圆卖到了苏州梨园，圆圆就此成了艺伎，她唱戏卖艺，也卖身。

那一年，书生冒辟疆路过苏州，赶上圆圆登台表演《西厢记》。她演的是红娘，却人丽如花，莺声呖呖，差点抢了崔莺莺的风头。

台下的冒辟疆，看愣了神。

他们一见倾心，互诉衷肠，宽衣解带。

冒辟疆自称爱得"欲仙欲死"，而后又在《影梅庵忆语》写道："妇人以资质为主，色次之，碌碌双鬟，难其选也。慧心纨质，淡秀天然，平生所见，则独有圆圆尔。"

惊心动魄的爱情，突如其来，让这两人互相了解，定下终身。

可是，这时候，冒辟疆的父亲接到调任函，得举家迁移。于是，他带着母亲去找圆圆，跟她承诺：你等我一年，一年之后我回来娶你。

陈圆圆相信他，也等他。

在她心里，他是她的良人，最爱的人。

才色双绝，是女人的灾难

但命运太不眷爱这对相爱的年轻人，给他们制造了障碍。

最大的障碍，就是陈圆圆的才色双绝。

冒辟疆会被陈圆圆迷住，其他男人也会。见过大世面的男人，品位尤其相似。

当朝国舅田弘来苏州梨园听曲，也发现了陈圆圆的上品才貌，当即重金贿通老鸨，买下了陈圆圆。

陈圆圆无可奈何，她能怎么办?

她的命运，不过是谁给的钱多，谁的权大，她就得跟着谁走。

国舅爷觉得陈圆圆太好了，在美色之前强忍住自己，忍痛割爱，想要进贡给妹夫崇祯皇帝。

世上当有大舅子这么心疼妹夫，不心疼妹妹的?

当然有，当他的妹夫是皇帝的时候。

当时的皇后，也就是田弘的妹妹，得了重病。田弘见状就慌了，没有妹妹在崇祯皇帝枕边，田家的荣华富贵已经大不如前，万一妹妹一闭眼，自己的仕途不就更会陷入绝境?

愁得不知怎么办时，他正巧发现了陈圆圆。

于是，他火速把她买下，亲自送到宫里去。

皇宫，岂有她的容身之处

从娘家到姨夫家，到苏州梨园，再到后宫，从来没有人问过陈圆圆的意见。

命运面前，容不得她反抗，就这样她被命运推着只能往前走。

她来到深宫后院时，心里想着冒辟疆，当年梦想着终有一日会成为他名义上的女人。没想到，如今要成为别人的女人了。

那个别人还是当今皇帝，掌握着无可违抗的圣命。

心如死灰，但不得不一步一步迈向皇宫后院。

老天爷总爱开玩笑，当她接受了这个事实之后，皇帝迟迟没有出现。

听说,他实在太忙,天下兵荒马乱,他没空想今晚翻谁的牌子。

她，是送给吴三桂的礼物

两三个月后，陈圆圆被遣回田府。

田弘本来把陈圆圆当成升官发财的救命稻草，没想到她无功而返，心里自然不痛快，是越看她越不爽，原本把她捧上天，现在就只能让她在府上当个弹小曲的歌舞伎了。

命运的推手，推着她从苏州去到皇宫，又从皇宫颠到田府，颠来覆去，不过是又让她做回老本行。

每当折腾的时候，她都想：如果冒辟疆在就好了，但他现在在哪里呢?

天下到处在征战，田弘的不安全感很强烈，既然无法在皇帝那儿多得关照，就要跟各位当朝武将打好关系。

有一天，田弘在家设宴，专请吴三桂。

酒酣饭饱，田弘让陈圆圆出来弹琴献唱。小半年了，都被压在歌舞伎堆里，陈圆圆这下终于有机会表演了。

那天她又穿上那件白纱舞裙。

那天她又淡扫娥眉，轻点朱唇。

那天她又轻拉丝竹，悠扬弹唱。

那天她又云裳翩跹，且歌且舞。

唱到深处，一回眸，她好像又看到冒辟疆，又看到当年那个深情发亮的眼神。她正想回应，那人笑了。

这一笑，碎了陈圆圆的梦，她才意识到：那不是冒辟疆，是当朝山海关总兵吴三桂。

陈圆圆笑，是误认；吴三桂笑，却是真心。

宴会结束之后，只剩吴三桂和田弘两人，田弘请吴三桂多多关照自己，吴三桂说："如果你肯把陈圆圆送给我，那不管仗打到哪里，我会提前保田家。"

田弘求之不得，没想到这个陈圆圆还是有用处的，没法进贡给皇帝，那么就送给吴三桂，也是保命之策。

是的，陈圆圆又易主了，没有人问过她愿不愿意。

愿意不愿意？

爱你不过两三天

武将下手快准狠，战时的婚姻都是就地解决。

吴三桂第二天就派人带了千两黄金下了聘礼，匆匆成亲。

不到两三天，边关战事紧急，清晨门外就传来急报：“鞍马已备好。”吴三桂王命在身，不得不赴任远行。

陈圆圆从来没有想过，成亲会是这个样子，跟这个人，在这样的情形下。

她根本没有定睛看清这个人，这个人已经是夫君；她还没来得及记住他的体温，他就策马带兵远行。

如果硬要说爱，他们的爱就是一夜夫妻。

真的没有其他，没有时间了解，没有机会酝酿。

冲冠一怒为红颜

后来，李自成攻破北京城，崇祯皇帝自杀。李自成派人招安吴三桂，吴三桂一开始不肯，他问了很多。

“我爹怎么样了？”

“死了。”来人说。

“我娘呢？”

“死了。”

“我的孩子呢？”

“有的死了，有的留着。”

……

“陈夫人呢？”

“她被我们一名将军带回家了。”

问了很多之后，才问到陈圆圆。

人们说吴三桂因为这句话，一生气引清军入关，对抗李自成，夺回陈圆圆。

然而，冲冠一怒引清兵是真，但冲冠一怒为红颜是假。

吴三桂对陈圆圆有情是真，但因为那三两天的情义灭了李自成是假。

吴三桂自己想投清，怕天下人骂他是叛国奴。但以爱情的名义，能博得天下人的好感，还能流芳千古。

这个故事最大的获益者，是男人，不是女人。

很多年以后，张爱玲写了部《倾城之恋》的故事，一座香港城池的覆灭，成全了一个女人白流苏的爱情。

故事的结尾，张爱玲总结：“什么是因，什么是果，谁知道呢？也许就因为要成全她，一个大都市倾覆了。成千上万的人死去，成千上万的人痛苦着，跟着是惊天动地的大改革……流苏并不觉得她在历史上的地位有什么微妙之点。”

城池覆灭，或割舍一座城，为了一个女人，分明是现实不可能发生的事情，放在小说里都觉得荒诞。

古往今来的人，一边骂陈圆圆红颜祸水，要不是她，哪里会有清军入关？又一边羡慕陈圆圆，能有如此魅力，让一个雄雄铁汉为她倾城叛国。

人们八卦之余，陈圆圆只不过回到一个不爱的男人身边，而男人却坐拥了想要的权势、美人和好名声。

谁才是赢家呢?

誓死不做大清王妃

冒辟疆如约回到苏州梨园，老鸨告诉他：“你别再来了，圆圆被当朝国舅赎走了。”

而陈圆圆也一直很想念冒辟疆，想念那段他填词，她作曲弹唱的日子。

跟着吴三桂的日子，他那些带兵打仗的事情，陈圆圆一点也不感兴趣。

大段大段空白的时光里，陈圆圆都用来怀念冒辟疆，思念深时就学着他的样子作诗，还作了好几本诗集。

最直抵她心意的，当数这首《七绝》：

冲冠引虎入关门，千里山河遍血痕。

夫婿奴颜成国贼，妾身酿出祸源根。

吴三桂自以为感天动地的冲冠一怒，在陈圆圆心里不是真爱，而是愧疚。

要知道，她比吴三桂，更有大明情结，更有故国情怀。

顺治十四年，吴三桂平定昆明，得到大清的重用，受封平西王，开始理直气壮以王爷自居，还说要封陈圆圆做王妃。

没想到陈圆圆说："我出身卑微，无才无德，能伴将军左右，已是荣幸，不配成为王妃。"

吴三桂大笑三声："别的女人争风吃醋，就为了争个名分，你倒好，我给你名分，你还拱手让人。"

武将精明神勇，却感情粗糙。

他不懂陈圆圆对大明的情，更不知道陈圆圆对冒辟疆的情。

大明灭亡，实在和陈圆圆没有关系。但既然大家都说和她有千丝万缕的关系。单凭这一点，她就不要做大清的王妃。

成也才色双绝，败也才色双绝

四年后，吴三桂带兵从缅甸索回永历皇帝。

陈圆圆趁机跟他吹枕边风："这是拥明反清的好时机，趁此机会推出永历帝，就……"

吴三桂却低声说：“别乱说……”

没过多久，吴三桂把永历帝绞杀了，以此来向清廷表明忠心。

对吴三桂而言，效忠哪个王朝，都比不上自己的权力地位重要。而陈圆圆则刚好相反。

经过这个事情，陈圆圆越发觉得跟吴三桂相去甚远。

以前只是不怎么爱他，现在想来跟他同进同出都觉得别扭。

“我想出家。”陈圆圆说。

吴三桂当然不肯，好端端的王爷妃子出家，算什么事？而且从吴三桂的角度，他觉得我护你周全，供你好吃好喝，你还有什么不满意？

但不管他怎么劝，陈圆圆出家心意已决，最后吴三桂只好顺了她。

陈圆圆这辈子，总是被男人争来争去，从来没有哪次人生的决定可以自己做主，这一次她一定为自己做一次主。

过去，男人总是帮她做主，自以为对她是恩赐。

但在陈圆圆心里，人生最倾心的两次决定，一次是跟冒辟疆的初恋，再就是这次出家。

不久，吴三桂招兵买马，大张旗鼓造反，自号周王。

未曾想，没过五个月，他竟一命呜呼。

清军很快就灭了吴军，向昆明全境进击，把吴三桂全家抄斩。

陈圆圆已经出家，但她想到，自己曾是吴三桂朝夕相处的枕边人，终难辞其咎，还不如自我了断。

所以，那年，金陵寺的湖水和开得正盛的荷花，见证了陈圆圆最后一次主动选择。

她这一辈子，成在才色双绝，也败在才色双绝。

生为女人，总有许多身不由己。

平凡女人的身不由己，不过生而从父，嫁而从夫，老而从子；才色双绝的陈圆圆，她的身不由己，是太多人看上她，看上她的人都非等闲之辈，都不给她说话的机会。争来抢去，却从不问她愿不愿意、幸不幸福。所以说，传奇女人的枕边辛酸泪，枕边人看不见，世人更看不见，大家都只看到了所谓的传奇。

篇十　苏小小

无物结同心，烟火不堪剪

文／金刀玉兔

唯有山水大地的女儿，

才能有如此纯粹干净的灵魂。

自古烟雨江南，是出美女才女奇女子的地方，烟花扬州地，八百里秦淮河，小桥流水姑苏城……这样的地方，都及不上半个西湖。有美女的地方，就有故事。

西湖上有座长桥，传说是梁山伯和祝英台相送的地方，当时的他们卿卿我我，难舍难分。桥不长，情长，残雪掩映，似情藕断丝连。

还有西泠桥，桥边有两座孤坟，一座里面是千古名妓，另一座里面是一代名僧，名妓叫苏小小，名僧是苏曼殊。

“谁遣名僧伴名妓，西泠桥畔两苏坟”。

一个妓女，一个佛僧，名妓好才貌，名僧偏多情。两个相隔了近两千年的人，同样都是纯粹而干净的人。

大地山水孕育的女儿

一千多年前的西湖上，画舫来往如织。

船上莺歌燕舞，西湖一半绿水，一半红粉，浮着满湖的浪子和佳人。

燕引莺招柳夹途，章台直接到西湖。
春花秋月如相访，家住西泠妾姓苏。

上面这首诗，就是一代名妓苏小小出场的自白。

苏小小的出场不是坐船，而是坐她自己设计的羊车。

相传，苏小小祖上本为官宦，只是到了爷爷辈沦落到了在钱塘做生意。虽然商人在当时的社会地位是最底层，但苏家毕竟是书香门第，温书习字的家风一直都在。

没地位，好在还有钱。

家道殷实，小小自幼无忧无虑，逍遥自在。西湖，就是她天然的游乐场。

可惜不幸的是，父母相继去世，小小瞬时成了孤儿被寄养到姨妈贾姨家里。

孤单的她，就更爱去西湖边了，只有那无边的山水，才盛得下她无尽的哀伤和孤独。

一天，她独自游西湖，又热又累，于是坐到一棵大柳树下的青石板上休息，一辆豪华的牛车从眼前驶过，里面坐着快乐的男女，张扬的谈笑声在西湖上荡漾开来，也荡漾在了小小的心里。

小小迫切想要有自己的车，一辆能够坐着环游西湖的车。

但什么样的人坐什么样的车，马车，牛车，还是驴车；三门，两门，还是没门，当时都有明确的规定，任何人不能僭越。

小小没品没级，能坐什么车呢?

她回家，自己设计了一款不叫车的车。

车很小，小得只容得下她小小的身体，拉车不用牛马驴骡，而是她央求贾姨从牲畜市场牵回的一只高大威猛的山羊。

小小称自己的车为油壁车，后人称其为油壁香车。

独一份，只归小小特有。

从此以后，小小驾着她的羊车畅游在湖山云水之间，兴起的时候，还要即兴高歌，及笄之年的苏小小，可以说很不低调了。

既然日后能够成为钱塘第一名妓，小小的美貌自是不用多说。长在书香门第，又自幼聪慧无比，她的才足以叫人惊叹。

那时的西湖，本来就是狂蜂浪蝶的天堂，各种故事的孕育地，或俗或雅。

小小的艳名，很快就传遍了整个苏杭，那些有钱的富家公子，有权的高官子弟，有时间的地痞闲汉，全都慕名而来。

小小却只见两种人，第一种是有才能和自己饮茶对诗的，第二种是狂放不羁有才而且有趣的。

她有个阁楼，是父亲在时建的观景台，名为镜阁，就在西湖边上，后面院墙靠着半座青山，前面窗子含着整片西湖。站在阁楼上推窗而望，前面一湖水，后面一座山，苏杭盛景就在眼前了。

小小很是喜欢这个阁楼，索性就将自己的闺房搬了进去，睡时在梦中听玉人吹箫，醒时在楼上看花开花谢。

小小，是有规矩的，谈得来的，就邀请到阁楼上坐；谈不来的就楼下随便敷衍；看不顺的，直接让他滚蛋。

侯府哪有青楼干净

这样的小小，日子过得自在，逍遥，也惬意。

但也有不得不操心的问题，父亲留下的积蓄殆尽，后面该靠什么生活？

按照姨妈的意思，就在那些富家子弟、王公贵族中择取一个嫁过去，无论是做妾做小，总可以保一生锦衣玉食，荣华富贵。

但小小不答应。

王府深宅，琼楼玉宇，高墙大院，在小小看来，哪里比得上这西湖的山水景致？都不过是黄金做的监牢，进去了可就再也没有出来的自由了。

小小天真烂漫，让她去做个笼中的金丝雀，和杀了她没有什么区别。她要的是那份闲适和自由，可不图什么锦衣玉食、玉液琼浆。

不被钱财、权势羁绊，纵情山水间，那才是小小想要的生活。

“既然上天给了我如此美貌，如此才华，我何不就以此为资本，逍遥自在过一生呢？”这是小小的打算。

“虽说是一入侯门深似海，但一入娼籍更是没有回头路了啊！”贾姨提醒小小。

“谁说我要回头呢？大家都瞧不起青楼，认为那是个肮脏的地方。可有谁知道，比起那些争权夺利，仗势欺人，为富不仁的勾当，比起那些满嘴仁义道德，一肚子男盗女娼，全身一股铜臭味的伪君子，青楼不知道要干净多少倍。青楼简直就是最干净的地方。”

其实，哪里是青楼干净，分明是侯府太脏。

贾姨还不放心：“一旦入了青楼，就难免要在很多人的指指点点下生活了。”

小小无所谓：“我只要自己逍遥快活。哪里管得着别人怎么看，怎么说。”

小小心意已决，贾姨无可奈何。

钱塘第一名妓，就此亮相。

初遇阮郁

与其说苏小小是个妓女，不如说她是个艺人。贾姨就是她的经纪人。

小小将镜阁的牌匾撤下来，换了个“慕才阁”的匾。这已经说得很清楚了，有钱没才没品行的人，小小不接待。有才有品行没钱，小小也可以接待。

每天慕名而来的客人络绎不绝，全都不惜花费重金，只为一睹小小芳容。

然而天下有才的人本来就少，能够和苏小小坐论高下的就更少。大部分都被贾姨挡在了门外，连小小的面都见不着。见了小小面的，又绝少能够上得了“慕才阁”。

小小年龄尚小，未及破瓜，好在琴棋书画，诗词歌赋，无一不通，关键还长得勾人心魄。卖艺不卖身，也不愁没人来花大把大把的银子。

虽然挂牌做生意，但小小大部分时间还是喜欢驾着她的油壁车，在西湖的山水间游玩享乐。

一日，小小又驾车在西湖边游玩。迎面走来一位骑着高头大马的少年。

若是在平日，为了躲避一些无聊登徒子的纠缠，小小早早就绕开走了。

然而，这一日，小小分明看到马上的少年风度翩翩，气宇轩昂，心里已经有了几分喜欢。

既然自己心里喜欢，还要绕开？不存在的。

小小的习惯是，既然喜欢，就要迎头赶上去，还要盯着他看，最好还能捉回家去，约到慕才阁上，一起看西湖美景，品好酒，喝好茶，谈诗词歌赋，谈人生哲学……

就这样，小小赶着羊车，少年骑着大马，就那么直愣愣地在西湖边上狭路相逢，谁也不让路，互相盯着对方看，就差了一个开口搭讪的借口。

天公作美。

少年的马忽然发疯了似的摇头颠尾，双踢腾空，只把个俊俏少年颠下地来，摔了一身泥。

小小赶紧下车，也不管是不是自己的过错，赶紧凑上去赔罪："实在对不住，小女子一时冒昧，惊了足下的坐骑。"

少年起身还礼，却答非所问："在下阮郁，尚未娶妻。"

小小回答："小女子钱塘苏小小，也未婚嫁。"

以身相许

话说这个阮郁不是别人，正是当朝宰相的公子。

当日，他正好奉了父命，来钱塘办公事，趁机游览西湖盛景，却遇到了苏小小。

两人通完姓名，随即相别，各自回家。

第二天，阮郁却备了厚礼，来见贾姨。

贾姨见了也是满心欢喜，引他来见小小。小小随即把他引到“慕才阁”楼上，一起看西湖，品茶，喝酒，谈诗词歌赋，诉满腹衷肠。

二人相悦。

当晚，阮郁就宿在了“慕才阁”上。湖上鸳鸯戏水，鸳鸯被里情人合欢。

从此以后，小小闭门谢客，只陪阮郁一个人。

两个人你侬我侬，忒煞情多。

这样一来，其他人就不答应了。三五成群地来到贾姨家质问：“你们家小小不是说不嫁入高官侯门的吗？现在还不是照样？说得那么清高，到头来心仪的还不照样是个势利的人？”

贾姨也懒得和他们理论，劈头盖脸就是一通骂：“我们家小小嫁给谁关你们屁事！即使不嫁进侯门，照样没你们屁事！”

小小更是懒得解释。合不来，别说侯门，帝王她也不嫁。合得来，别说侯门，帝王她也嫁。

就像三毛遇到荷西。

荷西问三毛："要嫁一个有多少钱的丈夫？"

三毛说："不中意的，百万富翁也不嫁；要是中意的，亿万富翁也嫁。"

荷西就叹了口气说："你说来说去还是想嫁有钱的。"

荷西不甘心又问："像我这样的呢？"

三毛回答说："那能吃饱饭就行了。"

荷西再问："那你吃得多不多？"

三毛就说："不多不多，以后还能少吃点。"

痴心被负

不知不觉间，时间过了一年有余。

老宰相听说儿子在外眠花宿柳，流连忘返，十分生气。于是，写信催阮郁回家。

温柔乡里正温柔，阮郁哪里将父亲的话放在心上，依然只和小小花前月下，耳鬓厮磨。

倒是小小想起自己毕竟是一个青楼歌妓，有些不放心。阮郁就指着一棵青松发誓："我对你的心，就像这棵松树，就算所有的树木都凋零了，我也不改我的心志。"

妾乘油壁车，郎骑青骢马，
何处结同心？西泠松柏下。

京城和钱塘相隔了数百里之遥。在那个车马很慢，书信很远的年代，鞭长莫及。老宰相也无可奈何。

不知不觉又过了一年。

老宰相又寄来一封信。信中说，虽然小小是青楼歌妓，但也听说了她的盛名，才气逼人，品德无亏，答应他和小小的婚事。

听闻此事，阮郁和小小欢喜得不知如何是好。

两个人还沉浸在欢喜中没有醒过来时，老宰相的信又来了。信中说自己病重，催阮郁赶紧回家。

匆忙之间，两人话别。阮郁承诺，处理好父亲的事情，必定第一时间来接小小回家。

谁知道，阮郁从此一走，再无音讯。

只留小小孤独一人，相思难解，无法释怀。

“夜夜常留明月照，朝朝消受白云磨。”

原来老宰相并没有生病，只是想骗阮郁回家而已。此前说答应他和小小的婚事，也只是缓兵之计，为的是先让他放松戒备。

阮郁一回家，老宰相就劈头盖脸地一通臭骂：恬不知耻、败坏家风、颜面尽失、忤逆不孝……随后就将他关在家里，还给他娶了一房门当户对的妻子。

真是老奸巨猾。

果然，侯门从来不干净。

又过了差不多一年。小小才收到阮郁的一封书信。此时的阮郁已经初为人父。他在信中说，请小小放心，虽然自己在父亲的威逼之下娶妻生子，但希望小小再等等他。他一定把她娶回去做小妾。名为小妾，但一点不会亏待她。

嫁入侯门，做妾，小小用得着等到今天？

小小没有回信，凄然一笑而已。

薄情公子负心汉。

果然，侯门比青楼还脏。

放浪形骸

从此以后，小小重新开门接客。而且只要有钱，来者不拒。

这下可高兴坏了钱塘一干少不正经的纨绔子弟和一些老不正经的父老乡绅。真可谓客似云来，金以斗量。

小小，名副其实成了一个妓女的样子。

阮郁没了，接不接客，接什么客，是不是妓女，有没有妓女的样子，已经不重要了。

本来，苏小小的一生很可能就这么过下去了。

直到有一天，她又驾着油壁车去游西湖，又遇到一个书生，又在她面前摔倒了。

但这次，书生不是被颠下了马。他根本没骑马，而是走路走不稳，晕倒的。

他，是饿的。

小小上前问讯。这个书生叫鲍仁，正准备上京赶考，但兜里没钱了，别说上不了京，饭都好几天没吃了。

小小把鲍仁带回“慕才阁”，供其食物。吃饱喝足后，小小发现鲍仁才华了得，腹中颇有文章，对答之间，甚至让她看到了阮郁的影子。

于是，小小留下鲍仁过夜。

第二天，小小送鲍仁上路，还资助了他很多钱，作为他进京考试的盘费。

鲍仁当下感激涕零，磕头如捣蒜，指天发誓，一定不忘小小厚恩，等他金榜题名，一定回来接小小。

鲍仁走后，小小又是日盼夜望。

只是，这一次人仍是左等不来，右等也不来。好在她的心已经伤过一次了，再伤一次，就没有那么痛了。

香魂归去，唯山水不负

鲍仁没来，孟浪却来了。

孟浪时任钱塘观察使，也是个饱读诗书的文人，对苏小小很是痴迷，曾多次邀她相见。无奈正是小小心灰意懒的时候，懒得搭理他。

一天，正值隆冬，西湖上雪落纷纷，梅花绽放，雪花梅花交相辉映，孟浪看得痴醉，又想起苏小小来。再派人去，半请半强迫地要苏小小来西湖上陪自己看雪赏梅。

初见苏小小，孟浪虽然被她的美貌惊了个“半身不遂”，但因为屡次遭拒在前，却愣装出一副正襟危坐的样子，就要出题考一考小小。

于是他对小小说：“久闻小小才名。今日西湖上大雪纷纷，寒梅争艳。不知道小小能否就眼前此景吟诗一首，也让孟某开开眼？”

小小不仅作出了诗，还作得很好；不仅吟出了眼前的景，还表明了自己的志向，并揶揄了孟浪的无聊、无趣。

梅花虽傲骨，怎敢敌春寒？
若更分红白，还须青眼看！

孟浪倒不失是个文人，又拜服于小小的美貌和才情，并不计较。两人就到西湖游船上相对而坐，对饮赋诗，共赏西湖美景起来，倒也投缘快活。

哪知道就是这一日，小小染了风寒，回去竟然一病不起，以至于就这样病故了。

刚二十岁出头，正是一个女人的黄金年华。

小小临死时，一腔的深情、思念，满肚子的委屈，她一个字都没说，只留下夙愿："生在西泠，死在西泠，葬在西泠，不负一生爱山水。"

其实，她何止爱过山水，只是其他的都负了她。她的心冷了，懒了，再也不想伤心，只能寄情山水了。因为只有山水，不会负她。

小小死了，鲍仁却回来了。

鲍仁此去，果然骏马得骑，朝服加身，好不神气。朝廷任命他为滑州刺史，上任途中，顺路经过钱塘苏小小家，却正好赶上了小小的葬礼。

大恩未报，恩人先死，鲍仁抚棺恸哭。既然没有在她活着的时候报恩，就只能在她死后弥补自己的遗憾了。

鲍仁为小小举行了非常隆重的葬礼，并遵照她的遗愿，将她埋在了西泠桥畔。墓上盖了一间六角亭，同样能够眺望整个西湖。鲍仁，还亲自题名为"慕才亭"。

那又怎么样呢？

小小已经死了，满怀着怨望、不甘和委屈。现在，她什么都不知道了。

也许，只有后来的李贺能够理解苏小小，他写了一首《苏小小墓》：

幽兰露，如啼眼。
无物结同心，烟花不堪剪。
草如茵，松如盖。
风为裳，水为佩。

油壁车，夕相待。
冷翠烛，劳光彩。
西陵下，风吹雨。

当年小小的父亲死后，母亲无以为生计，只好委身青楼，做了个妓女。临死时，把小小叫到病榻前，反复说着一句话："我的心是干净的。"

她大概是怕小小会看不起自己吧。

小小却用短暂的一生，表达了自己的对母亲的理解。

小小一生爱过山水，爱过阮郁，爱过自己。

小小的心，也一直是干净的。

也唯独纵情山水之间的小小，才能这样纯粹、率性而干净。

篇十一　甄宓

惊鸿一瞥，皆是有缘无分

文／林饱饱

女人爱到最后，都活成了悲剧。

她是甄宓，有人说她本名叫甄洛，也有人说叫甄姬，《三国志》只称甄氏。

暂且叫她甄宓吧——一位征服了三国四个重要的男人的非凡女人。

相传曹操打赢官渡之战、攻下邺城的目的就是为了得到她，却没想到被儿子曹丕抢先一步将其占有。曹植也曾暗恋她终生，为她写下《洛神赋》。

实际上，她本是官渡之战中曹操的敌对方袁绍的儿媳。

闺中女博士

能让三国四个响当当的男人为之倾倒的女人，自然非凡。

出身非凡。甄家世代为官，整个家族有权有钱。

长相非凡。甄宓跟大乔、小乔并称三国三大美人。

妇德非凡。她八岁时，院子外有人骑马耍杂技，家里几个姐姐闻声，都爬上阁楼观看，只有她不去。姐姐们问她：“你怎么不来？”甄宓说：“这难道是女孩子看的吗？”姐姐们无地自容。

志向非凡。她九岁时就非常喜欢读书，常常偷用哥哥的笔墨纸砚，被哥哥发现：“你一个女孩儿家，不去做女红，读什么书？难道你长大想当女博士（古代官名）吗？”甄宓说：“古时有才华的女子，都是要学习前人的成败经验的，我不读书的话，哪来的借鉴呢？”

格局非凡。她十多岁时，天下大乱，还闹大饥荒，百姓为了填饱肚子，纷纷卖掉家中值钱的东西。甄家就趁机收购了大量金银宝物。甄宓劝母亲说：“乱世求饱，乘人之危，如果饥民闹事，甄家就大祸临头了。不如打开家里的粮仓，帮助四方相邻，这样既可以积德行善，又可以保甄家平安无事。”

这么出色的甄宓，十几岁就被袁绍指定做二儿媳。

家败再嫁人

美丽的女人总是被很多人惦记，哪怕她已为人妇。相传官渡之战时，曹操攻打袁绍的目的之一，就是甄宓。

螳螂捕蝉，黄雀在后。曹操在前方攻打邺城，打赢了，传急号令："快去袁府，把甄宓带来。"没想到底下的人竟在袁府碰了一鼻子灰，快马加鞭回来禀告曹操："甄宓她……被曹丕带走了。"

原来曹丕早就听说甄宓貌美，眼看官渡之战胜利在望，他早早就守在袁府，等着带走甄宓。

袁府后院，女人们一听说前方有变，便开始哭哭啼啼，怕被杀头。

曹丕找到甄宓时，她躲在袁绍妻子刘夫人身后，怯怯露着半张脸。

刘夫人看曹丕望向甄宓的眼神，回头低声对甄宓说："你死不了了。"

建安九年，十九岁的曹丕如愿以偿娶了二十四岁的甄宓。

贤惠做曹媳

从曹家仇敌，变成曹家的长儿媳，甄宓别无选择。

婚后，甄宓很快生下儿子曹叡、女儿东乡公主。

可以说甄宓是身在曹营，心也在曹营。她一心相夫教子、孝敬公婆。

曹丕独宠她一人，她却劝曹丕要多纳几个姬妾，为曹家开枝散叶。

妇德非凡的甄宓，嫁鸡随鸡，嫁曹丕就随曹丕。管他是不是杀夫仇人，管他是不是霸王硬上弓强抢了自己。

夫妻生嫌隙

在一次曹操举办的宴会上，甄宓见到了曹家各位小叔子。给她留下最深印象的那位，名为曹植。初看他时，便觉他神朗气清，再看更觉其才华横溢，想来他该是饱读诗书。

但甄宓也没再多想。

后来有一天，曹操兴致勃发，设宴铜雀台，文武百官齐聚，酣饮过后，命诸子写《铜雀台赋》。

曹植妙笔生花，一气呵成，艳压全场。曹操一高兴，就封他做平原侯，官位一下就比兄长曹丕还要高。

曹丕回府就很不高兴，向甄宓大吐苦水："没想到啊，曹植小子耍个心机，单凭一篇文章就被封侯，我辛辛苦苦这么多年，世子地位就毁于一旦……"

甄宓说："不会吧，你别瞎猜，曹植不是那么有心机的人，你们还是亲兄弟呢，要和睦。"

当时的她只见过曹植几面，就知道他才高八斗，虽心气高傲，但心思不坏。

最重要的是，甄宓本来就是一个内心明媚、格局大气的女子。

十几岁能劝家里人与其发灾难财，不如开粮仓赈灾。如今这么劝曹丕也是一样，只是不想他陷入权斗，连兄弟都猜忌。她总是想着人好，为着人好。

而且，甄宓本来是仇敌之媳，嫁入曹家，身份一直很尴尬，她那样谨慎，是不想背上离间兄弟的骂名。

但曹丕听来却不这样想：你不站我这边，反而站小叔子那边，你们什么关系？

无奈新人笑

曹丕转而向小妾郭女王诉苦。

郭女王为曹丕出谋划策，助其在立嗣的较量中整垮了曹植及其同党。曹丕又一次如愿以偿，成为世子。

自那以后，曹丕越发宠爱郭女王，冷落甄宓。

想当年，曹丕强抢甄宓，就是出于她的美色。甄宓是什么个性，他不了解；甄宓有什么好恶，他也不了解。

但甄宓比曹丕大了整整五岁，十八岁看二十四岁，是少年看少妇，最有风韵；二十八岁看三十四岁，就是风华正茂看明日黄花。

男女之间，总是用时间来交换主动与被动。年轻时，男人打天下就为了你。到后来，他看天下哪个女人，都不看你。

才色双绝的甄宓也输了，输给郭女王，输给青春逼人，输给时间，输给男人过时不候的新鲜感。

凄凄赴黄泉

很快，曹操东征，不巧此时甄宓染病，曹丕便带上郭女王和甄宓的一双儿女前行，留甄宓一人在邺城。

分居两地，甄宓很想念曹丕，挥笔给他写诗。最出名的一首《塘上行》，成了甄宓的代表作：

蒲生我池中，其叶何离离。傍能行仁义，莫若妾自知。
众口铄黄金，使君生别离。念君去我时，独愁常苦悲。
想见君颜色，感结伤心脾。念君常苦悲，夜夜不能寐。

莫以豪贤故，弃捐素所爱。莫以鱼肉贱，弃捐葱与薤。
莫以麻枲贱，弃捐菅与蒯。出亦复苦愁，入亦复苦愁。
边地多悲风，树木何翛翛。从君致独乐，延年寿千秋。

其实写来写去，中心意思就是三句话：你不得不离我而去，可是阻止不了我想你；一想到你，我就整晚整晚睡不着觉；但我还是告诉我自己，为了你，我要好好活下去。

她希望曹丕记着她，把她接过去团圆。

但不知道曹丕是怎么理解的，他竟然认为，甄宓这是在抱怨他，在嫉妒郭女王。

又或者，曹丕读诗时，郭女王就在身旁煽风点火，捕风捉影，断章取义。

果然，曹丕登基不到一年，就派人赐死甄宓。据《汉晋春秋》的记载，甄宓死得很惨，“被发覆面，以糠塞口”。

男人就是这样，他爱你时，你微微一笑，他就自动脑补，你也爱他。他不爱你时，你想他是错，你呼吸也是错。

如果这个男人刚好是王，那你活着也是错。

惨惨身后忌

曹丕为什么一登基就急着杀甄宓？这一直是历史上的一个谜团。

甄宓死后，只有两个人为她落泪。一个是儿子曹叡，一个是曹植。

曹丕是怎么对付曹植的？他下令要曹植入朝觐见，不谈国事，也不谈家事，就拿了甄宓以前用过的金缕玉带枕给他看。

他一直怀疑，甄宓和曹植有染。

从很多年前，曹植封侯，甄宓替他说话开始，他就觉得有猫腻。

后来东征，临着出发，甄宓染病，好巧不巧，就留在了邺城。当时，曹植夺嗣失败，也在邺城。她会不会是故意的？他们有没有趁机互解衣带？

或许这些猜忌才是他赐死甄姬的真正原因。

但甄宓不是这样的人。

这些年，曹丕心里一直盘桓着这些。爱不爱甄宓，她都是我曹丕的，谁动她，老子都要他好看。

他忘了，甄宓独自在邺城，一直给他写信，说有多想他。是他流连其他美色，迟迟不把她接来团圆。

曹丕心里翻江倒海时，曹植睹物思人、不禁落泪。

曹丕心里更加确信：果然啊，你们之间有鬼。

难得有心人

那天吃晚饭时，曹叡看到叔叔曹植心不在焉，就把母亲甄宓的枕头送给他。

回来途经洛水，曹植很难受，写了一篇《感甄赋》：

翩若惊鸿，婉若游龙。荣曜秋菊，华茂春松。

髣髴兮若轻云之蔽月，飘飖兮若流风之回雪。

远而望之，皎若太阳升朝霞；

迫而察之，灼若芙蕖出渌波。

……

回到邺城，曹植一反常态，喝醉酒、撒酒疯。这可是文质彬彬的曹植啊，他从未如此失态过。

明眼人都看得出来，曹植心里，真的有甄宓。

因此，曹叡登基后，亲自将《感甄赋》改名为传颂千古的《洛神赋》。

至死心冰洁

但其实，甄宓一直都很守规矩，曹植只是单相思。

仔细去读《感甄赋》：“悼良会之永绝兮，哀一逝而异乡。无微情以效爱兮，献江南之明珰。虽潜处于太阴，长寄心于君王。忽不悟其所舍，怅神宵而蔽光。”就会发现这写的本来就是襄王有意，神女无心的故事。

满心妇德的甄宓，从小克己复礼，不允许自己去搞婚外情；望子成龙的甄宓，为了儿子的远大前程，也不会傻到出轨小叔子。

据说《感甄赋》写完，第一个读者是曹丕，第二个是曹叡。可能他们看都没仔细看，单凭这个名字，就感觉心情不舒畅。

丈夫曹丕急着断定妻子跟弟弟有染，儿子曹叡急着帮母亲洗白。

王妃要美貌圣洁，母后要干净无污。

那个年代，女人是男人的工具，开枝散叶的生育工具，利益交换的政治工具，装点门面和自尊的装饰工具。

可怜的甄宓，她视为生命中最重要的两个男人——丈夫和儿子，没有一个了解她、信任她。或许因为他们都太得意，都是南面称孤的帝王。

反倒是那个惊鸿一瞥、无缘相爱的曹植情深义重。

难道只有才高八斗却郁郁不得志的曹植，才能真正体会她有才有德却偏偏生于乱世被逼无奈和无助的一生？

篇十二 纳兰性德

自伤情多，惆怅人间

文／思无邪

从此伤春伤别，黄昏只对梨花。

333 年前，“千古情圣”纳兰性德去世。

333 年后的今天，却再没有一个纳兰性德。

不是人间富贵花

康熙十七年十月。

塞外瀚海，风雪大作，

苍茫大地，变得一片素净。

康熙皇帝的北巡队伍，

正浩浩荡荡排开一字长龙，

迎着风雪，向前缓慢移动。

队伍中一名二十三岁的御前侍卫，
眉目如画，身着华服，
也正按辔徐行。
望见漫天风雪，
他不由得凝思出神。

当天夜里，就在北巡队伍的驻屯地，
他写下了那阕名词《采桑子·塞上咏雪花》：

非关癖爱轻模样，冷处偏佳。
别有根芽，不是人间富贵花。
谢娘别后谁能惜，飘泊天涯。
寒月悲笳，万里西风瀚海沙。

在这阕词中，他既是在咏雪花，
也是在以雪花自喻：
他不比海棠、牡丹这类俗气的富贵花，
而是“别有根芽”的雪花，
自有不同人间繁花的品性风骨。

这位年轻的御前侍卫，
正是日后被誉为“清朝第一词人”的纳兰性德。
然而“不是人间富贵花”的他，

却偏偏出生在权门贵胄之家，
父亲纳兰明珠是康熙朝一代权相，
母亲是英亲王阿济格的女儿。
算起来，他还是康熙皇帝的表弟。

“缁尘京国、乌衣门第。”
世人眼中的贵胄公子，
往往都是风流滥情的纨绔子弟。
但纳兰性德，
却因其“自伤情多、惆怅人间”的旷古深情，
写就那么多的传之不朽的清丽词章，
而被后人所熟知。

从来富贵烟云，都是黄粱美梦，
门第权势皆不足贵，
男儿最贵是情深。

一生一代一双人

很多年后，
和珅把《红楼梦》进呈给乾隆皇帝。
乾隆御览完毕，
只叹息着说了一句：“这是为明珠家事而作啊。”

《红楼梦》里才气逼人的贾宝玉，
的确有几分纳兰性德的影子。
而宝黛感人至深的爱情悲剧，
也似乎在影射纳兰性德的悲剧初恋。

“郎骑竹马来，绕床弄青梅。”
纳兰性德的初恋，
很可能是他青梅竹马的表妹。
两人耳鬓厮磨，日久生情，
已经到了私订终身的地步。

可惜按照清代的规矩，
旗人家庭十三到十五岁的女孩子，
都必须参加三年一次的选秀女，
要落选了才能自行婚配。
可是，以纳兰表妹的姿容才气，
怎么可能会落选?
于是，纳兰生命中第一个女人，
他曾经以为会缘定今生的女人，
在被选入宫中那刻，
就此与他无缘。

一入宫门深似海，

从此顿成陌路。
纳兰性德心如滴血，愁思郁结，
那阕著名的《画堂春》，
应是为纪念这段早夭的感情而作：

一生一代一双人，争教两处销魂。
相思相望不相亲，天为谁春？
浆向蓝桥易乞，药成碧海难奔。
若容相访饮牛津，相对忘贫。

“一生一代一双人”，
好一对世间难觅的才子佳人。
然而无情高耸的宫墙，
隔断了音容笑貌，
从此一个在深宫寂寞，
一个在江湖落拓。

“相思相望不相亲”，
对于深爱的恋人来说，
也许这就是世间最残酷的惩罚了吧？
降生在相门之家，
自己的命运却不能被自己主宰。

哪怕做一对贫困的寻常小夫妻，
这卑微的渴盼，都永远不可能实现。
“从此伤春伤别，黄昏只对梨花。”
曾经美好欢愉的情景，都历历在目，
只是最后，都变成苦涩的回忆。

人生若只如初见

康熙十三年。
在失去挚爱的表妹之后，
二十岁的纳兰性德，
在家人的包办之下，
终于要迈入婚姻的殿堂。

于是，纳兰府邸，
到处张灯结彩，
洋溢着喜庆欢乐的气氛。
但没人注意到纳兰性德的郁郁寡欢。

作为家中长子，
他要履行传宗接代的义务，
尽管心里有一千个不愿意，
尽管仍然对小表妹相思成疾，

可小儿女家家那点小情小爱，
还是要让位于纳兰家族的家族利益。

纳兰性德的这位即将过门的妻子卢氏，
是两广总督卢兴祖的女儿，
和纳兰性德门也当，户也对。
最关键，这门亲事一结，
纳兰明珠在朝中就有了强大的盟友。
这是包办婚姻，也是政治联姻。

在那个年代，
大多数人的婚姻，都是如此，
与爱情无关，与传宗接代、利益交换反倒密切相关。
没有人会想到，
这场原本纯粹是利益交换的婚姻，
竟然在冥冥之中，
催生出一段旷世真情。

当宾客散尽，
酒意微醺的纳兰性德被送入洞房。
烛影摇红，脂香流溢，
卢氏局促地坐在婚床床沿正中。
纳兰性德挑开卢氏头上的大红盖头，

面前的新娘子娇羞的模样，
顿时出现在他的眼前，
如蓓蕾初绽，明艳动人。

纳兰性德曾有名句：
“人生若只如初见。”
也许在他看来，
人生所有的际遇，
都抵不过初见那一瞬间的美好。

初见之时，
一个是翩翩浊世佳公子，
一个是娇羞名门俏佳人。
四目相对，相看无言，
却又都一见倾心。

当时只道是寻常

纳兰性德是个用情深重的人，
即便和卢氏成了婚，
却始终不能对初恋忘情。
他偶尔会呆立庭院，沉思往事，
陷入对往昔的追忆感伤之中。

卢氏当然明白，
自己虽然在纳兰的心中有了一席之地，
但还不能取代他表妹的位置。
她肯定也伤心，也难过。
但这个识大体、通情理的女子，
没有像乡野村妇一样，
一哭二闹三上吊，
而是选择用自己的方式，
来关心疼爱纳兰性德，
用行动来融化纳兰性德的心。
她明白得很，
温顺深情的纳兰，
绝对不会那么铁石心肠。

于是，每当纳兰站在庭院中发呆时，
她会轻声走过去，
给他披上外衣；
纳兰感伤之时，
随手写下的情诗情词，
她会细心地收集起来，
哪怕她知道这都是写给另外一个女人的。
胸怀宽广、温柔聪慧的卢氏，
对纳兰无微不至地体贴照顾，

终于让他从刻骨铭心的初恋中走出。

这一对天造地设的璧人，
也成为所有人羡慕的对象：
他们都是那么博学多才，
闲暇时学习李清照和赵明诚，
一起玩“赌书”的游戏，
猜典故出自哪本书哪一卷哪一页。

纳兰性德背上发痒时，
卢氏会用春葱玉指为他挠痒。
他们会共读唐人爱情传奇；
他们会一起用花灯捕捉萤火虫；
他们会一起外出踏青；
……
太多幸福的细节，
让纳兰性德沉浸在其中而不自知。
直到很多年后，卢氏去世，
纳兰悲痛欲绝，
追思那些消散已久的前尘，
写下最哀婉动人的悼亡词《浣溪沙》：

谁念西风独自凉，萧萧黄叶闭疏窗。

沉思往事立残阳。

被酒莫惊春睡重，赌书消得泼茶香。

当时只道是寻常。

当时只道是寻常。

只有经历过的深情之人，

才会懂得。

一片伤心画不成

康熙十六年，

是纳兰和卢氏成婚后的第三年。

就在这一年，

纳兰家发生了件大喜事，

卢氏顺利产下一子。

纳兰府上上下下，

都沉浸在喜悦之中。

但悲剧总是来得太过突然。

卢氏在产后一个月，

突感风寒，卧床不起，

在五月三十日这天，撒手人寰，

留下纳兰性德独活于世。

纳兰性德怎么也没有想到，
所有的山盟海誓，
所谓的天长地久，
都不过是空言虚诺，
纵然能初心不改，
却敌不过命数无常。

卢氏的身故，
并未随着时间流逝，
而逐渐在纳兰心中黯淡尘封。
她的音容笑貌，
他们之间的点滴往事，
反而在他的多情追忆中，
越来越清晰。

最终，纳兰的款款深情，
化作了笔下一首又一首悼亡词。
每一首都凄婉绝伦，
令人不忍卒读。
在著名的《南乡子·为亡妇题照》中，纳兰写道：

泪咽却无声，只向从前悔薄情。

凭仗丹青重省识，盈盈，一片伤心画不成。

别语忒分明，午夜鹣鹣梦早醒。

卿自早醒侬自梦，更更，泣尽风檐夜雨铃。

纳兰双手拂拭着卢氏的画像，
泪流满面却哽咽无声，
打心底里痛悔从前，
没有珍视卢氏的一片深情。
而今阴阳两隔，只能睹画思人。

他对着画像，
日日夜夜呼唤着卢氏的名字，
希望午夜梦回，
她能从画里走出，
出现在他的面前。

卢氏的灵柩停在双林禅院，
而这一停就是一年多。
在清代，根据礼制，
亲王停灵一年，
郡王停灵七个月。

卢氏既不是亲王，
也不是郡王，

却停灵一年，
这种明显违反礼制的做法，
恐怕只能理解为纳兰用心良苦，
他还不想就这样和爱妻分别。

而在这一年之中，
纳兰几乎长住禅院之中，
一边翻看佛经，
一边静静守候妻子的灵柩。

纳兰后来迫于家族的压力，
不得已还要续弦再娶。
但他却从来没有忘记，
卢氏才是他此生最爱的女人。

他曾写道：
“一种蛾眉，下弦不似初弦好。”
很多年都过去了，
他依然对卢氏念念不忘。

纳兰心事几人知

在卢氏去世八年之后，

刚刚荣升一等侍卫的纳兰性德，
也突发疾病，七日不汗而死。
巧合的是，
他也死于五月三十日，
这一天，正是卢氏的忌日。

八年以来，
纳兰惆怅人间，郁郁寡欢；
而今他急病而死，
能与卢氏鬼域重逢，厮守阴间，
对他而言，
未尝不是件好事。

纳兰死后不久，他的《饮水词》就已流传天下。
他的好朋友曹寅曾说：
“家家争唱饮水词，纳兰心事几人知？”
纳兰性德，已经成为一个流行的名字。

在世俗之人的眼中，
他是出身富贵的相门公子，
他是眉清目秀的落落狂生，
他是才华卓绝的一代词人。

然而，家世、容貌、才气都不足贵。

唐朝女诗人鱼玄机曾说：

“易求无价宝，难得有情郎。”

男儿生天地间，

驰骋疆场建功立业，

心里装的是家国，是士卒。

著书立说名扬后世，心里装的是天下，是百姓。

唯有像纳兰这样的多情之人，

心太小，

小得只能装下儿女情长、花前月下。

也许卢氏是幸运的，

纳兰的表妹也是幸运的。

男儿最贵是深情。

世界上最贵的男子，

把最宝贵的东西，

都毫无保留地贡献出来。

这样的千古深情，

又岂是金银财宝、色相皮囊所能比拟的？

听惯了山盟海誓，看倦了劳燕分飞，

假如苍天有意，令你陌上相逢，

收获了那份专属于你的深情缱绻，

也愿你在静好的岁月中，千万珍惜。

篇十三 柳如是

我见青山多妩媚

文／柒树

长袖善舞，桃花得气美人中。

柳如是文才诗艺皆高居“秦淮八艳”之首，

爱国情怀更是他人不可相比。

国学大师陈寅恪不仅赞誉柳如是为“女侠名姝”，更为她写了八十余万字的专著《柳如是别传》。

王国维评价柳如是：“幅巾道服自权奇，兄弟相呼竟不疑。莫怪女儿太唐突，蓟门朝士几须眉？”

一代名妓究竟有何魅力，引得众多文学大师竞折腰？

礼部尚书不如妓女

1644年，清军入关，攻破紫禁城，明朝宣告灭亡。

清军势如破竹，直驱南下。

南京城内，明朝旧臣并不死心，还做着反清复明的梦。

当“清军逼近南京城”的战报传来时，

明朝遗老们哭爹喊娘，连夜携家眷出逃，如丧家之犬。

只有一位大臣大义凛然：我辈食朝廷俸禄，受圣上大恩。危难关头，岂可不思报效？我愿效法屈原，将区区之身投水以报朝廷，以报圣恩，以慰子孙。

这位表现得大义凛然、铁骨铮铮的大臣，正是礼部尚书钱谦益。

钱谦益的妻子，正是艳名、才名均名重一时的名妓柳如是。

柳如是对丈夫此番以身殉国的壮举不仅理解，而且十分支持和赞赏。

二人携手来到尚湖。

等真正到了水边，钱谦益却犹豫不前。

从旭日东升，一直磨蹭到夕阳西沉。

他哆哆嗦嗦把一只脚伸进水里，最后找了个不容辩驳的理由：湖水太凉了。

倒是柳如是没有丝毫犹豫，纵身一跃，没入湖中。

好在旁人施救及时，保住了性命。

清军南下之后，强迫汉人剃发，所谓留发不留头，留头不留发。

有一天，钱谦益对家人说："头皮痒得很。"遂出门而去。

家人都以为他去找篦子篦头了。

谁知钱谦益再次进家门的时候，已经剃了头发，留了辫子。

跳湖未遂的钱谦益，就这样变节降了清，而官至礼部侍郎。

面对如此的钱谦益，柳如是则发誓不再追随丈夫，独自一人留在了南京。

其实在此之前，柳如是就竭力劝过钱谦益"是宜取义全大节，以副盛名"。

但到了最后，钱谦益还是让她失望了。

真可谓谁说女子不如男，巾帼也有真丈夫。

那么多平时满口仁义道德、正直忠烈的人，事到临头，却比不上一妓女，做了那缩头乌龟。

青楼妓女公开选婿

柳如是，本名杨爱。

因读宋朝辛弃疾《贺新郎》中"我见青山多妩媚，料青山见我应如是"，

故自号如是。

虽身为妓女，

这妓女也分三六九等，

柳如是应是极佳的一种。
柳如是出落得十分娇媚绝色，
据说有的人在妓院门口从早等到晚，
只为一睹她的芳容。

柳如是长袖善舞，她的尺牍“艳过六朝，情深班蔡”，
书法“铁腕怀银钩，曾将妙踪收”，
是不可多得的风流名妓。

柳如是性格豁达，慕名而来的名人雅士曾一度应接不暇。
后来，一脚踏入“名流圈”，柳如是的眼界更开阔了。
和名士交往中，她非常欣赏陈子龙。
陈子龙是江南士林翘楚，能文能武。

看到他，柳如是欣喜若狂：“我的如意郎君终于出现了。”
大胆如她，柳如是上演了一出“毛遂自荐”。
一天晚上，柳如是褪去粉黛，洗尽铅华。
她换上一身男装，乘坐扁舟夜访陈子龙。

到了陈府，柳如是递上拜帖，内附一首爱慕之词。
陈子龙一看，觉得此女子颇为有趣：
“竟然女扮男装，夜访陈府。此人真是有趣有趣，快带上来一见。”

两人初见，陈子龙先是被柳如是的美貌吸引，
后又被她的才华折服。
于是，这次见面通宵达旦，
陈子龙甘愿臣服在柳如是的裙下。

遇负心汉公开分手

才子佳人相伴，
总会有美好的故事传颂。
据说一天两人乘船游湖，
美景在旁，美人在怀，
陈子龙不禁赞叹："如是，你美得就像洛神降临。"

柳如是听了，
一脸认真地说道："从古至今，都是男人评价女人。
女人就像玩物，任凭你们把玩。
今日，我倒要对你们男人好好评价一番。"

她当即作了一曲《男洛神赋》，
将陈子龙比作男洛神。
两人相处下来，柳如是爱得深陷其中，
一心想嫁给陈子龙。
而陈子龙一直犹犹豫豫，无法给出明确答案。

因为陈子龙已有正妻，而且他思想传统，

认为可以与妓女同乐，却万万不可娶妓女回家。

柳如是步步“逼婚”，

而他拒绝彼此再见，

最后干脆玩起了消失。

心高气傲的柳如是，

怎么受得了如此冷落。

她不断地到陈府，

一次次要求见陈子龙。

被拒绝无数次后，

柳如是便在陈府门外公开分手：

“陈子龙，今日你闭门不见也罢。你我好歹情分一场，谁料到你竟然如此胆小怕事，只怪我当初没有看清你的真面目。此后，咱们恩断义绝，互不打扰。”

说完拂袖而去，

留下两旁看呆了的围观群众。

毛遂自荐定情尚书

和陈子龙分手后，

柳如是发誓要嫁权势、地位、才华更胜的男人。

这次命运没有捉弄柳如是，

让她遇到了钱谦益。

钱谦益，东林党领袖之一。
论才华，他是东林文坛盟主；
论官职，他位高权重；
论家产，他有良田千倾、家财万贯。
只是柳如是二十三岁，钱谦益已经五十九岁，
两人相差三十六岁！

对于柳如是而言，
年龄从来都不是问题，
只要心欢喜。
为了爱情，柳如是再次上演了“毛遂自荐”。

冬日午后，钱谦益准备午睡，
门童突然传声：“有客人来访。”
钱谦益接过拜帖一看：“晚生柳儒士叩拜。”
“柳儒士？”他心里泛起嘀咕，是谁呢？
钱谦益心生好奇，便令人请来柳儒士一见。
两人相见，钱谦益觉得似曾相识，却又说不出哪里见过。
柳如是看出他的心思，
于是吟诗一首：

草衣家住断桥东，好句清如湖上风。

近日西泠夸柳隐，桃花得气美人中。

钱谦益一拍脑门，连忙赔罪：

“原来是柳姑娘登门拜访，有失远迎，罪过罪过！”

原来，他们有过一面之缘。

两年前钱谦益遭人排挤，远离庙堂。

他心灰意冷，心想：也罢也罢，与其尔虞我诈，不如游山玩水来得潇洒。

于是一路游山玩水，途经杭州时拜访了名妓草衣道人。

在她客厅的书桌上，钱谦益看到一首小诗：

垂杨小宛绣帘东，莺花残枝蝶趁风。

最是西泠寒食路，桃花得气美人中。

“好清丽别致的诗句，谁写的？” 他不禁问道。

“柳姑娘。”

“莫非是江南名妓柳如是？”

“正是她。”

“果真名不虚传啊！”钱谦益一边读，一边叹。

第二天，经草衣道人引见，钱谦益、柳如是泛舟西湖，煮酒论诗，好不尽兴。

谁料到时隔两年，今日一见，柳如是出落得越发标致，活脱脱的仙女下凡。

一番寒暄问候后，钱谦益便邀柳如是在“半野堂”住上一段时间。

柳如是欣然应允。

这之后的日子里，两人吟诗赏雪、潇洒快活，不知不觉两颗心越靠越近。

第二年夏天，钱谦益以匹嫡之礼，迎娶柳如是。

这场婚礼惊动了整个都城，

本来娶妓女就是件不光彩的事情，

没想到钱谦益还大办婚礼，

简直是冒天下之大不韪。

结婚那天，钱谦益租了一只宽大华丽的芙蓉舫，

不少群众扔臭鸡蛋、白菜、石块，嘘声一片。

但是柳如是不在乎，她满心欢喜地看着身边这个男人。

婚后，他们老夫少妻来了一场蜜月旅行，

游山玩水，快活似神仙。

昭君出塞彰显气概

明朝灭亡，一些朝廷遗老不甘心，

他们跑到南方自立朝廷，

定都南京，史称“南明”。

新政权立谁为帝?

大臣们各怀鬼胎。

钱谦益支持潞王朱常淓，他拉拢一批东林党成员，暗中扶持朱常淓。

权力的游戏世事难料，

最后，福王朱由崧即位。

钱谦益害怕得罪新主，立马上书给福王歌功颂德。

此时，东林党预谋立潞王事被揭发。

钱谦益为了自保，将参与预谋之人悉数供出来。

福王大怒，尽诛东林党诸人，但放过了“立功”的钱谦益。

最终，钱谦益被任命为礼部尚书。

柳如是得知丈夫被重用，

激动不已，暗想：自己果然嫁了个“博学好古，旷代逸才”的男人。

动身前几日，柳如是精心梳洗时，

偶然听到下人议论：“老爷的官职来得不光彩呀。”

她听了，连忙叫来下人问个仔细。

得知丈夫的官职是用昔日同伴的生命换来的，

她既羞愧又恼怒，

手中的簪子都被生生折成了两截。

据史书记载，柳如是赶赴南京当日大出风头。
她穿了“戎装”，头上插着野鸡毛，作“昭君出塞”装束。
柳如是这一亮相，南京城内议论纷纷：
“穿胡服进城，这是亡国之兆，大不敬啊！”

众人对此大为不解，
但是柳如是有自己的解释：
她自以王昭君出塞远嫁匈奴，
表明愿意以身殉国换取大明江山。

表面上柳如是大不敬，
实为暗讽南明政权中无抗清之人。

拒绝降清不进京城

清兵渡江，南明败局已定。
柳如是劝钱谦益跳湖殉国，
才上演了开头那“水太凉”和“头皮痒”的闹剧。
钱谦益降清剃发，北上做官。
按照规矩，官员家属应当陪同，
柳如是坚持不予跟随，仍留南京。
钱谦益劝说她：“如是，时局动荡，你还是跟我北上为好。”
柳如是冷冷答道：“多谢尚书大人关心，小女子只愿和大明江山共存亡，此生不进北京城。”

无奈，钱谦益只好独自北上，

留下柳如是一人。

临行前夕，柳如是赋诗一首赠钱谦益：

素瑟清尊迥不愁，柂楼云物似妆楼。

夫君本自期安桨，贱妾宁辞学泛舟。

烛下乌龙看拂枕，风前鹦鹉唤梳头。

可怜明月将三五，度曲吹萧向碧流。

一代风流玉殒香消

钱谦益作为贰臣，终究不会有好结果。

他谋了个虚职，颇受冷遇。

远在南京的柳如是，坚持不断地给他写信，

劝其辞官返乡，

流传下来的一封《寄钱牧斋书》写道：

“妾以为相公富贵已足，功业已高，正好偕隐林泉，以娱晚景。”

经历过这些事变，钱谦益知道自己仕途无望，

走投无路之下，

他只好选择辞官回家。

柳如是原谅当初钱谦益弃她北上，

与他归隐田园，过起了寻常夫妻生活。

一年之后，

柳如是还生了一个女儿。

1664 年，八十三岁的钱谦益死于家中，柳如是悲痛欲绝。

他死后，钱家亲戚立即蜂拥而至，争夺财产。

丈夫尸骨未寒，这些亲戚又都虎视眈眈地盯着钱家财产，

柳如是一人之力，怎可抵挡?

一天，钱家亲戚再次登门索要财产，

不仅破口大骂柳如是“妓女无情”，

更是打砸抢烧，犹如土匪恶霸。

柳如是此时身体虚弱，根本无力应对。

她看着钱谦益的遗物，

不禁悲痛欲绝：丈夫走后，世间纷乱，如是一人无力应付，苟活世上有何意义?

我准备追随夫君，黄泉路下相伴吧。

于是，柳如是选择悬梁自尽。

那年她只有四十六岁，

一代风流传奇女子，就此玉殒香消。

篇十四 李师师

绝色倾城，只是情归无处

文／林饱饱

她的爱情，氤氲着宋词的魂灵。

一代名妓李师师，与不少文人墨客共卧一床，但谁曾与她日夜相伴并不重要，重要的是她滋养了北宋的词坛、乐坛、画坛和政坛。

李师师何许人也

李师师，北宋歌伎，

中国古代四大名妓之一。

据说她出生在佛庙，

四岁时父母双亡，

青楼老鸨看上她是个美人坯子，

领走她，教她弹琴画画。
十五岁正式接客，
因为长得美，
会写字画画，
还擅长唱小曲，
一出道就是花魁。

无数男人慕名前来，
最早慧眼看中李师师的，
是当时著名的词人张先。
张先当时已经八十余岁高龄了，
看到李师师，
还是激动得走不动路。

他每天都要来听李师师弹弹琴，
跟李师师谈谈心，
还为李师师写词。
李师师能够一出道就成名，
离不开张先的欣赏和张先献给她的词。

当时北宋的文坛，
主流是写词。
词又名小曲，

我们今天学词，
总是去读、去品、去解释词的中心意思，
但在当时，
词更像我们今天的流行歌曲，
唱得好，传播得广，先流行开来，
百姓耳熟能详，
然后才可能流芳百世。

北宋文艺的传播，
有一半的功劳属于作词的文人，
另一半的功劳属于唱曲的歌伎。
李师师的工作正是弹琴唱曲，
把文人的词传诵下去。
其实，李师师跟如今的明星很像，
是颜值担当的公众人物，
也是能弹会唱的歌手。

她的绯闻里，有太多宋词人

张先词写得好，
李师师唱得也好，
并且一唱而红。
许多文人雅士慕名而来，

晏几道来了，
忍不住为她作词；
秦观一听就坐不住了，
跟李师师小酌几杯，
也忍不住为她作词；

周邦彦一听也很好奇，
听李师师弹唱几曲，
就忍不住天天想听她弹唱几曲，
天天来，
就忍不住天天想为李师师写首词，
天天写，
就忍不住哪天干脆不回家，
和她共度春宵，
从此跟她既谈音乐，也谈风月，
既互道晚安，也一起吃早餐。

她的爱情，是宋词的魂

据说李师师跟周邦彦，
真的在一起过。
一个歌伎，
被一个当朝大官看上，

对方还不是五大三粗的中年油腻男，
而是能写词、会谈曲、懂女人的大才子。
换成别的妓女，
想都不用想，
赶紧傍上好男人，
稳住长期饭票：
“官人，你要是真爱奴家，就为奴家赎身吧。”

但李师师没有这么肤浅，
她跟周邦彦相爱，
不仅仅是男女私情，
还是并肩作战的事业伙伴。
周邦彦写的词，
李师师第一个弹唱，
也只有通过李师师弹唱，
那首词才会火得快。

理由很简单，
当时的词风，
不是悱恻缠绵的爱情词，
就是多愁善感的抒情词，
这样的阴柔词风，
只有用情至深，

才能唱得感人至深。
周邦彦的情，
李师师最懂。

要说他们这种搭配，
太像今天的男导演爱上女演员，
只可惜今天的明星，
恨不得拿自己的绯闻出来上热搜，
恨不得拿自己的青春上位走捷径。
但李师师的过人之处就在于这两点。

第一，她有资本靠男人，
却不做攀缘的凌霄花，
而是做一棵树，
和周邦彦共谱爱的乐章。

第二，她有大把炒绯闻的机会，
却从不靠私事博眼球，
只是真心恋爱，
把男女私情投注到词曲中，
唱出痴男怨女的心声。

她既盛开，圣上也爱

“你若盛开，蝴蝶自来。”
这话放李师师身上，
就不再是一只蝴蝶那么简单，
而是蝴蝶效应。

以李师师的才貌，
安安静静待在青楼里，
就是头牌花魁。
偏偏有那么多文人雅士爱慕她，
欣赏她，要跟她谈情说爱，
还要跟她合作，
我写词来你谱曲。

不知道是谁把李师师的故事传到宋徽宗耳朵里，
宋徽宗虽说治国能力很一般，
但作词、写字、画画、对弈、唱曲，无一不晓。

他听闻李师师后，就说：
“快带朕去见这个李师师。”
起初，李师师并不知道他是宋徽宗，
只是觉得这个青年才俊不一般，

便好歌好舞、好吃好喝地伺候他。
这是她的工作，
她也就是尽责而已，
毕竟她的心已经给了周邦彦。

没想到，这个青年才俊不是逢场作戏，
来得比当年周邦彦勤，
才华也不比周邦彦差。
李师师有个怪癖，
每个想跟她相好的男人，
都必须给她写一幅字，
看得过眼，才能走心。

这个青年才俊一听，
爽快地答应了：
“这还不简单！拿纸笔来。”
李师师一看他的字，
吓坏了，又瘦又细：
“瘦金体？！”
李师师看出来了，
能写瘦金体的只有当今圣上。
宋徽宗不慌不忙，
他顺手写了“醉杏楼”三个字，

给李师师处所赐了个名。
霸道总裁硬上弓，
这一赐名，
就等于说李师师就是朕的民间王妃。
之后，
宋徽宗便令人直接从皇宫修了条暗道到青楼，
什么时候想见你，
不用翻牌随时来。

床上有情郎，床下心上人

本来傍上宋徽宗，
李师师的人生可以说是，
芝麻开花节节高，
要往功利里说，
抛弃周邦彦，
跟上宋徽宗，
身价瞬间就翻倍了。

可惜，李师师没有这么做！
她只是觉得很尴尬：
不知不觉就骑虎难下，
也不知道怎么跟周邦彦解释。

终于有一天，
宋徽宗身体不舒服：
“朕这段时间就不过来了。”
李师师一听不知道有多高兴，
终于可以约会周邦彦了。

那天晚上，
两人久别胜新婚，
默契得什么都无须解释，
正想一睡泯恩仇。
谁知，
咔嚓一声，暗道开了，
只听宋徽宗说：
“师师，橘子红了，
朕给你送几个过来。”

好在周邦彦身手敏捷，
一翻身的工夫，
从床上躲到床下。
宋徽宗原本有病在身，
可一见李师师就忍不住，
从诗词歌赋谈到床第之欢，
从漫天星星谈到太阳初升。

只是委屈周邦彦了，

躲在床底下听着当今圣上抢自己的女人。

呸！是自己跟圣上共享一个女人。

呸！李师师肯定不同意这种说法，

她一直都在坚持：她是她自己的。

只有她，能让情敌变知己

到底是文人，

周邦彦不爽，

却把一腔醋意酿成一首《少年游》：

并刀如水，吴盐胜雪，纤手破新橙。

锦幄初温，兽烟不断，相对坐调笙。

低声问：向谁行宿，城上已三更。

马滑霜浓，不如休去，直是少人行。

李师师一看就喜欢，

忍不住把它弹唱出来。

他们是有情人，

却半路杀出一个宋徽宗。

李师师见不到周邦彦的时候，

最喜欢唱他写的这首词。

大概是因为那天晚上，
想得却不可得。
床上的李师师
和床下的周邦彦，
一样心里很不是滋味。

宋徽宗这个不按常理出牌的人，
想来就来，
正好碰上李师师弹唱这首曲：
“好词！好曲！
师师，这是你新写的？”
李师师情不自禁：“是好词！
但不是我写的，是周邦彦。”

宋徽宗也是个敏感的文艺男，
当场没发飙，
但心里很清楚：
好家伙，周邦彦你那天晚上就在床底。
连朕的女人你都敢动。
回到皇宫就找了个名头，
下令把周彦邦贬出京城：
“这个人词风艳俗，
生活作风不正，

为官政务贫乏，

……”

过了一阵，

宋徽宗去找李师师，

史无前例地，找不到。

等了老半天，李师师梨花带雨地回来。

宋徽宗问她：“你怎么了？”

李师师说：“我去看一个快走的老朋友。”

宋徽宗问她：“朕倒想知道谁这么重要。”

李师师说：“是周邦彦，他就快走了，去送他最后一程。”

宋徽宗明知故问：“看他做什么？他走之前说了什么？”

李师师说：“不管怎么说，

他是当今难得的词人、政治家，

他写的词也不全是艳俗，

京城没了他这样的人，可惜！”

宋徽宗说：“周邦彦不就会写艳词……”

李师师说：“也不全是，他刚刚说，

特别感激圣上给他在朝为官的机会，

如果说走之前有什么遗憾，

那就是为朝廷做得太少，

他还特意写了一首《兰陵王》……”

宋徽宗说：“是吗？你唱来听听，
他又写了些什么东西……”
李师师一唱，
宋徽宗就觉得把周邦彦贬出京城也是一时冲动：
“想不到这个周邦彦，
还有这样的大胸襟、大气魄，
来人，传口谕，先赦免周邦彦。”

接下来的故事，
不像大家想象的，
李师师在两个男人之间做出选择，
而是这两个情敌变成知己，
宋徽宗对周邦彦改观，
常常去找周邦彦聊诗谈词，
周邦彦来李师师这儿，
也成了三个人的诗词约会。

李师师最传奇的地方就在这里，
别的妓女靠男人的争风吃醋来抬高身价，
别的戏子靠文人的簇拥吹捧来上位出名，
但李师师她不享受这个，
也不局限于男女私情，
她救周邦彦，

不是因女人的感情用事，
而是凭借大格局、大智慧。

她欣赏的男人，
不仅会因为她而吃醋，
也会通过她，由情敌变知己。
男人爱女人的色，
只会想着占为己有，
男人若是爱女人的才、情和义，
就会真正把她当成知己。
宋徽宗和周邦彦都爱上了这个层次的李师师，
所以他们的那段三角恋时光，
也可以看成是北宋词坛互相切磋的沙龙时间。

没有她，就没有梦回汴京

自从遇见李师师，
宋徽宗就很少逛后宫了，
他的妃子们吃醋大闹，
一定要宋徽宗给个说法：
“那狐媚妖精到底有什么厉害的？”
宋徽宗说：“要说漂亮，
你们中比师师漂亮的多了去，

但你们要是穿上师师的衣服，
跟师师一样弹琴唱曲，
还是不对劲。师师最让朕着迷的，
是气质。她那样的出身，
竟有男儿都没有的胸怀和格局。”

宋徽宗是真爱李师师，
懂得她女人身上的男儿气概，
但可惜，宋徽宗也只是直觉，
他从没见过李师师女扮男装侠骨柔肠的一面。

李师师出生在佛庙，
四岁以前都在那里长大，
要不是被领到青楼，
也许一辈子就在吃斋念佛中度过。
她在青楼火了以后，
有了点闲钱，逢年过节就会女扮男装，
去佛庙、相国寺捐香油钱。
当时，不少名流贤士会约在相国寺吟诗作赋、互相切磋。

有一次，李师师去相国寺捐香油钱。
还没到相国寺，
就看到一群名流在炮轰一个书生，

书生势单力薄，
只能逃出来，
一个人在相国寺前发呆，
拿着毛笔在白纸上瞎画。

李师师也没多想，
径直走进了相国寺。
等李师师出来，
那书生居然还在，
更让她震惊的是，
那白纸已经变成一张相国寺的工笔画。

李师师从小学画，
身边会画画的才子也见过不少，
但像这书生画得这样传神惊艳的，
还是头一回碰到，
她禁不住感叹：“惊为天人！”
那书生抬头：“公子过奖！”
就此，他们一见如故。
一聊才知道，
原来这书生叫张择端，
平生没有别的爱好，
就喜欢画画，

但太穷，
根本挤不进名流的圈子，
更别谈安心作画了。

李师师一看张择端跟自己一样出身不好，
一样才华横溢，
就心生怜悯，
请相国寺的僧人给他安排了一间安静明亮的厢房，
送上一日三餐，
让他安心创作。

后来，李师师常往相国寺跑，
呆子张择端才发现，
原来眼前这个人不是贵公子，而是女儿身；
不是哪家的姑娘，而是名满天下的李师师。
后来，张择端说："相国寺画完了，
我想画整个汴京，整个天下。"

李师师说："这是一件很有意义的事，
可惜天下的画师那么多，
却没有人愿意挑大梁干，
好在有你，以后的人看了这张画，
就能看到我们这个时代的世间百态，

这是多少史册、多少诗词、多少歌谣都无法替代的。
我支持你。”

李师师和张择端志趣相投、心有灵犀，
我们说不清他们到底有没有什么露水情缘，
但可以确定的是，
没有李师师的帮助，
可能就不会有张择端的《清明上河图》。

没有她，北宋的璀璨文化就少了一抹亮色

李师师虽是妓女出身、戏子出道，
但以她的影响力，放到今天，
起码是艺术家的地位。
今天的女明星，
为了走红，为了流量，
粉丝喜欢什么就卖什么人设，
粉丝喜欢什么长相就整成什么样，
谈个恋爱、结个婚、
生个娃、分个手，
只要能上头条，
暴露私生活又怎样？
但李师师不一样，

尽管她绯闻多得不得了，
但当你去回溯北宋时，
你会单纯地认为她是周邦彦的情人，
是宋徽宗的民间王妃，
是张择端的红颜知己吗？
不会。

因为，不管她跟谁在一起，
绯闻都成就了文化。
没有李师师，
周邦彦的爱情词哪来的缠绵？
没有李师师，
宋徽宗的诗词书画哪来的旖旎？
没有李师师，
张择端的《清明上河图》哪来的精致？
没有李师师，
北宋的词坛哪来那么多源源不断的灵感？

李师师从来没有炒作过跟谁的绯闻，
也没有明确地归服于哪个男人，哪派文化。
她到底最爱谁不重要，
重要的是她活成了自己，
并且滋养了北宋的词坛、画坛、乐坛和政坛。

上善若水，滋养别人，才是女人的至高境界。

创造传奇，而不是自命传奇，才能真正造就流传千古的传奇女人。

李师师，北宋的文化灵魂，传奇女人的典范。

篇十五　董小宛

遇人不淑，终身误

文／金刀玉兔

低到尘埃里，也未必能开出花。

明末清初，秦淮河畔，乱世佳人，红尘飘浮，幸得一知己。倾心相付，以身相许，为爱奔波，命落须臾，才换一人心。

骚动的秦淮河

烟笼寒水月笼沙，夜泊秦淮近酒家。
商女不知亡国恨，隔江犹唱后庭花。

商女，就是秦淮河上卖唱卖笑卖艺也卖身的歌女。她们不知道国破家亡的遗憾和苦难，依然在莺歌燕舞中唱着你侬我侬的情歌艳曲。也许不是不知道，而是知道又能怎样呢？国破了，家亡了，总还要活着。

要活着，就得忘记亡国恨，唱着《后庭花》。

金陵秦淮，从唐朝到大明王朝，一千多年没变过样子。白天是江南水乡，小家碧玉；晚上摇身变成一水的秦楼楚馆，纷纷可见的搔首弄姿的妖媚女子。

有情，有欲；有相思，有决绝；有才子情深，有婊子无情；有佳人风华绝代，有浪子轻浮沉沦。各种矛盾完美地、和谐地集结在秦淮河上，就像秦淮河有两个源头，一是佛教圣地宝华山，一是胭脂河。

完全的两极，最终却交融一处，我中有你，你中有我。最大的矛盾，就是最大的和谐，魅力无穷。

佛塔古寺也好，青楼画舫也罢。其实都是超脱的地方。现实太残酷了，人需要逃避。或皈依佛家，或委身烟花柳巷，看似一个超脱，一个堕落，其实殊途同归。

但是，哪里就能够逃避得了？说秦淮河是烟花地、销金所、温柔乡，其实照样还是人间，一样有着悲欢离合。

公元 1624 年，大明王朝已经病入膏肓，连回光返照的机会都没有了，却有一位绝代佳人降生了。

乱世、佳人、秦淮河，神秘而刺激的组合，注定了她此生非同一般。

她就是董小宛。

这个妹妹我曾见过的

董小宛名叫董白，字小宛，秦淮八艳之一。

琴棋书画诗酒茶，是秦淮河艺伎们的立身之本，唯有色艺双全，才能在百花争艳中有生存的机会。一条秦淮河，画舫如织穿梭了几百年，妓女数以万计，名妓不下数千。能名列八艳，董小宛自然是艳压群芳，美好得无以复加。

董小宛自小研习书法，每天临摹钟繇、蔡邕等大家的作品不下千字；董小宛善于作画，尤喜苍松、蜡梅、翠竹，这与其他以画兰花而闻名的秦淮八艳不同；董小宛不仅喜欢读诗，自己作的诗也是言辞恳切感人肺腑，其丈夫半夜读了都悲伤不能自已，一把火把诗稿给烧了；董小宛能饮酒，她十六岁第一次见冒辟疆时，就正是喝得微醺半醉之时，两人没说一句话，却被冒辟疆叹为天人，一生念念不忘；董小宛还擅长烹茶、女红、做菜，在美食界的地位可以和苏东坡、袁枚齐名。

要说董小宛，就不能不说冒辟疆。冒辟疆生于权贵之家，权势倾天下，还才貌双全，是明末响当当的四公子之一。朋友称赞他“姿仪天出，神清彻肤”，送给他“东海秀影”的雅号。据他的朋友说，凡是见过冒辟疆的女子，都不愿意再嫁给权贵之家做正妻，只愿意嫁给他做小妾。

如此富贵、帅气、有才，日后董小宛爱他卑微到像张爱玲说的，低到了尘埃里，也就可以理解了。只是，低到尘埃里的，未必都能开出花来。

明朝末年，二十八岁的冒辟疆去金陵科考，没有考取功名，却并不影响他呼朋唤友去寻花问柳、寻欢作乐。花柳哪里寻？欢乐哪里作？自然是秦淮河。

随行的朋友告诉他有一个姓董的妓女，“才色为一时之冠”。见过大世面的冒辟疆自然不轻易相信。只是经不起朋友的再三撺掇，反正到哪里都是图个乐子，换间房子，换个人而已。

冒辟疆决定去见识见识这位大家交口称赞的绝世佳人。

可惜事不凑巧。董小宛虽然一时艳名冠绝秦淮，但她个人并不享受这一切。但凡男女群集，觥筹交错，嬉戏无度的场合，董小宛必定心生厌恶，拂袖而去。她喜欢清净、优雅的世外桃源，身处红尘中，不过是造化弄人而已。

冒辟疆慕名而来的时候，董小宛已经去了苏州，在一条小河边的竹篱茅舍里过得悠然自得，不问世事。这反倒引起了冒辟疆的兴趣，促使他动身前往苏州。

冒辟疆到了苏州后，董小宛又正陪客人游玩洞庭湖未归。

三番五次不凑巧，越发撩动了冒辟疆的心。在离开苏州的前一晚他做了最后一次尝试。

这次董小宛回来了，却喝醉了。

既然是开门做生意，就没有让客人吃闭门羹的道理，何况对方是大名鼎鼎的冒辟疆，万千少女求而不得的梦中情人。半醉半醒的董小宛在丫鬟的搀扶下，出来见冒辟疆。

曲兰花下，冒辟疆见到董小宛，只见她面颊红润，一脸春色若隐若现；身若扶柳，似稳非稳；顾目四盼，似睡似醒。董小宛一句话都没说，冒辟疆被惊得直回头看董小宛的母亲，惊呼不已："天啊！天啊！"

冒辟疆是慕名而来，董小宛对冒辟疆也是早有耳闻。

两个人的初次会面，相顾无言，很像《牡丹亭》里的唱词："是哪处曾相见，相看俨然，早难道好处相逢无一言。"也像《红楼梦》里宝黛初相见："这个妹妹我曾见过的。"

佳人有意，浪子无情

第一次见面以后，再次见面，却已经是三年后。

在这三年里，董小宛四处游山玩水，冒辟疆却又在朋友的撺掇下，认识了另外一位绝世佳人，并定了婚约。这个人就是同为秦淮八艳之一，搅得晚明风起云涌的陈圆圆。

冒辟疆这样描述陈圆圆："如云出岫，如珠在盘，令人欲仙欲死。"好一个欲仙欲死，怪不得直接就定了婚约。只可惜陈圆圆名声在外，命途多舛，在成婚之前被人劫掠而去，和冒辟疆的婚约自然也就成了泡影。

冒辟疆为了赶考，再次来到南京，本来志在必得，却偏偏天不遂人愿，又听说陈圆圆被劫掠的消息，抑郁难伸，于是泛舟消遣，却不经意间路过了董小宛的住所。

冒辟疆想起了三年前见到的绝世佳人，也就忘记了让自己欲仙欲死的陈圆圆，一时“不禁狂喜”，停船造访。

然而此时的董小宛已经奄奄一息。同在八艳之列，陈圆圆遭劫持，董小宛吓得病重，再加上丧母之痛，此时的董小宛已经整整十八天米不沾牙，闭门谢客，只等香消玉殒。

然而冒辟疆偏偏执着。不管别人如何劝说，他只管敲门。三番五次，终于有人来开门。董小宛睡在病榻之中，有气无力地问了声：“谁啊？”

冒辟疆回答：“三年前，你在半醉半醒中，曲兰花下见的人。”

董小宛想起了冒辟疆，一时百感交集：“虽然我们只见过一次。母亲却说你是个难得的好人，替我可惜没能和你长时间交往相处。现在我的母亲刚刚死去，见到了你，就想起了我的母亲。”

两人就在床前攀谈起来。不知不觉，已到深更半夜。董小宛忽然对冒辟疆说：“这十八天来，我吃不下，睡不着，本来是快死了的人。今天一见到你，顿时觉得神清气爽。你救了我的命，我怎么可以不报答你呢？此时此刻，我就以身相许，且终身不离。希望你千万不要推辞。”

董小宛的直接、坦率吓坏了冒辟疆。他只好支支吾吾地说：

“天下哪有这么做交易的。你才见了我两次，上次喝醉了，这次病糊涂了，还不了解我就轻易以身相许，太草率了。”随即以第二天还要赶去襄阳见父亲为由，匆忙告辞。

本来冒辟疆准备就这么溜之大吉的，偏偏有好事的朋友说董小宛如此有情有义，辜负了实在不好，于是他只好硬着头皮去辞行。

冒辟疆的船还没靠岸，就看到董小宛已经盛装艳服，站在楼上窗前，痴痴地望着河面。刚看到冒辟疆的船靠岸，董小宛就一路跑下楼，奔上船，不容分说地告诉冒辟疆：“我已经准备好了，让我送你一程吧。”

这一送，就是二十七天。每一天冒辟疆都在对董小宛说同一句话：“你回去吧。”

一直到了镇江，董小宛才说：“我要嫁给你的决心，就像浩浩荡荡的江水奔流东去，誓死不再回头。”说好的“我送送你”，成了“我要和你回家”。

冒辟疆一时不知如何是好，只好扯破脸皮说了实话：“我现在忙于科考，没时间考虑我们的事情。父亲大人又常年在外为官，家里全靠母亲一个人支撑，我也没尽孝道，现在要回去帮忙打理家务。况且，你在苏州欠了那么多人的钱，又是在金陵登名造册的妓女。这些事都还要从长计议。”

功名、尽孝都是借口，董小宛欠债太多，赎身银子还需要一大笔，才是真。董小宛美是美，但要不要为她花这样一大笔钱，冒辟疆却很犹豫。

如此明白的拒绝，并没有让董小宛退缩。冒辟疆又只好许诺说：“等夏天我去金陵赶考，就来找你。”

残酷的拒绝加空头支票的哄骗，使得董小宛掩面大哭，辞别而去。

冒辟疆如释重负，大松了一口气。

回到苏州的董小宛担心冒辟疆忘了自己，忍不住派人到他家中，再次陈述自己非他不嫁的决心。接待董小宛信使的是冒辟疆的夫人苏氏，她虽然贤惠，但怀疑董小宛是个骗子，给了十两银子打发信使回去，并没有给任何承诺。

董小宛这一行为，让冒辟疆倍感压力，心生反感。夏季去金陵赶考的时候，他并没有要见董小宛的意思，连信都没捎一个给她。

于是董小宛自己买船从苏州去金陵找冒辟疆，却不料在路上遇到了强盗，藏身芦苇丛里，结果船又坏了，三天三夜没吃东西，差点死在了半路。

好不容易到了金陵，董小宛又怕影响冒辟疆考试，等两天后的考试结束才去找他。

董小宛冒死前来，不仅让冒辟疆有些感动，也感动了冒辟疆身边的人，大家群力鼓动他接纳董小宛。

中秋之夜，一众学子大摆宴席为董小宛压惊，冒辟疆没有再拒绝董小宛。

念念不忘，必有回响。本来，故事到这里应该有了一个美好而圆满的结局。

可惜感动归感动。在现实面前，感动总是分文不值。

冒辟疆并没有如期高中，已是很不高兴，让他更为难堪的是，大家都认定他是董小宛的丈夫，债主们纷纷上门讨债；除此之外，还有一大笔赎身费需要他支付。

即使情深足以动人，美色足以诱人，但金钱账从来是要算清楚的。冒辟疆再一次“冷面铁心”拒绝了董小宛，溜之大吉。

好在感动对冒辟疆没用，但对他的朋友们有用。

当时的名流钱谦益、柳如是等人出面，替董小宛还了债，赎了身，还置办了舟马行资，直接将董小宛送到了冒辟疆家里。

低到尘埃里，也未必能开出花

嫁入冒家的董小宛洗净铅华，以前弹琴作画喝酒的手，从此只洒扫纺线绣花、操持家务了。

寒冬腊月，三伏酷暑，别人都坐着吃饭，她站在一旁侍奉冒辟疆的母亲和原配夫人。大家劝她坐下来一起吃，她便坐下，只吃几口，就又毕恭毕敬站立一旁，夹菜倒水，比奴婢还谦卑。

冒辟疆和原配夫人生的孩子课业不好，她就为他们改文章，辅导功课，通宵达旦不眠不休。

闲暇之余，还要陪冒辟疆读书、观月、赏星，从诗词歌赋，谈到人生哲学。

就连冒辟疆也说，全家上下，从老母到奴婢，没有人不念她好的。

如果日子一直这样过下去，那也不错。

但李自成的军队攻占了北京城，踏碎了大明王朝的万里江山，也踏破了董小宛卑微的生活。

作为当朝有权有势的大族，冒家不得不举家逃亡。

冒辟疆一手拉着老母亲，一手拉着原配夫人，看护着几个孩子，对董小宛却只催促着："你走快点，跟着我。慢了跟不上，我也没办法哦。"

历尽千辛万苦终于逃到南方，冒辟疆又对董小宛说："逃亡在外，我也没有办法。与其大难临头再抛弃你，不如现在早做打算。我有个朋友多情多义，我将你托付给他。如果这辈子我们能再相见，就白头偕老。当然你也可以自谋出路，不必以我为念。"

董小宛回答说："你说得对。你上有老母，下有妻儿，他们都是比我重要百倍的人，都要靠你活命。我要跟着你，既帮不上忙，又会成为你的累赘。我现在就跟你的朋友走，或许能够在这乱世里保住性命。若是能，我必定等着和你团圆；如果不能，我就跳海自杀。”

倒是冒辟疆的母亲和夫人感念董小宛的好，坚持让她留下来。

颠沛流离、朝不保夕的生活，让冒辟疆得了严重的痢疾。乱世里缺医少药，就算冒辟疆也没有请医买药的钱，只能等死。幸好有董小宛衣不解带地照顾，冒辟疆才死里逃生。

在之后的两年里，冒辟疆又大病两次，每次都得益于董小宛的照顾才得以存活。冒辟疆自己也感慨：“如果没有董小宛，我的命肯定没有那么硬。”

冒辟疆是活了，董小宛自己却在颠沛流离中积劳成疾，英年早逝，享年二十八岁，只和冒辟疆一起生活了九年。

董小宛死后，冒辟疆才发现她的好，不禁感慨：“我这一生的福，在这九年中已经全部享完了。”“我这一生用什么来报答小宛呢！她绝对绝对不是人间的女子。”“小宛如今忽然死了。我简直搞不清是她死了，还是我死了。”

回忆着两人之间的点点滴滴，冒辟疆写成了和沈复《浮生六记》齐名的《影梅庵忆语》。用他自己的话说，此书是用血泪和墨水写成的。

但很可惜，董小宛早就香消玉殒，再也感受不到冒辟疆对她的感情了。

篇十六 沈复

愿生生世世为夫妻

文／丘吉鸟

用一辈子爱一个人，写一本“她”的书。

电影《后来的我们》名噪一时，
讲了一对北漂情侣在十年间经历的爱恨纠葛，
他们因相爱走到一起，
最后又被现实打散，
十年后重逢，
一句“如果当时你没走，后来的我们，会不会不一样？”
让人心碎。

初恋不敌现实，是林见清和方小晓的故事，
也是芸芸众生的故事。
但在两百年前，却有一对夫妇，

他们在最残酷的贫贱里，

用最勇敢的真情，

演绎了一段中国最完美的婚姻。

公元 1763 年，是中国历史上一个有点巧的年份。

这一年的大年三十，

曹雪芹在完成了《红楼梦》第 80 回后，

于悼红轩内，辞别了这个留给他无尽伤心的世界。

他已经写好了宝黛的前半生，

结局无人知晓。

同年，沈复与芸娘诞生，

他们似宝黛一般相知相惜，

结局凄美如梦。

《浮生六记》，这部记载他们悲欢离合的小书，

也被后人称作“小红楼”。

定情

芸娘与沈复是表姐弟，沈复叫芸娘作淑姐。

沈复十三岁时，曾陪母亲回了趟娘家，

初见，芸娘似一朵轻云刚出岫。

彼时的少年，对爱情已经有了朦胧的悸动，

芸娘的诗稿，更让沈复惊艳又倾心，
虽然他已经看出芸娘是福薄短寿之相，
但仍对母亲说："若为儿择妇，非淑姐不娶！"

沈复有情，芸娘也有意。
一次，沈复再跟芸娘索要诗稿，
拿来一看，写得真不错，
但为什么每首都只写了一半？
芸娘望着沈复，有点羞涩地回答：
"因为没有人教我呀，
我在等着一个懂我的人来教我写诗呢。"
沈复瞬间心领神会。

芸娘堂姐出嫁，沈复去当娘舅送亲。
婚礼结束时，已是三更。
沈复肚子饿，仆人拿果脯给他，
甜到掉牙，一口就吐掉了。
这时他感觉有人在拉他的袖子，
回头看，是芸娘。
"你随我来。"

随芸娘来到卧室，
沈复看见桌上放着一碗热腾腾的粥，还有几碟小菜，欣然举筷。

这时堂哥突然在屋外喊：

“淑妹快来！”

芸娘忙关门说：“我好累了！要睡啦！”

堂哥挤着就进来了，一见沈复，顿时高喊：

“哦，刚刚我跟你说我想喝粥，你就说没有了！

原来是被你偷偷藏起来留给未来夫君了！”

这下全府都听到了。

一时传为笑谈。

如果没有后来的事情，

那这一碗粥，

大概会是沈复一生最温馨的记忆。

新婚

十八岁这年，他们终于成亲了。

作为新妇，芸娘每天都要早早起来操持家务。

芸娘一起床，沈复也就跟着起，

行走坐卧，都要如影随形。

如果稍离片刻，

在家里的门廊墙缝遇到，都要拉着袖子问彼此：

“这是要去哪儿呀？”

真是新婚燕尔甜如蜜。

但沈复毕竟是大户人家的子弟，访师求学，科举功名，才是第一要务。

于是，两人结婚一满月，沈父就遣沈复去杭州拜师了。

父命难违，沈复愁肠百结，

没想到芸娘却反过来劝他，默默为他整理行装。

临行前，芸娘轻轻在沈复耳边说：

“出门在外无人照料，你要好自珍重。”

到了杭州后，沈复急忙跟芸娘通信，

但恼人的是，芸娘的信，总是不温不火的，

芸娘的懂事，让沈复更觉煎熬。

他终日魂不守舍的样子，连先生都于心不忍了，

最后布置了几道题，就把沈复放回家了。

沈复如遇大赦。

到家后看到芸娘，

一肚子相思说不出口，

两人只握着彼此的手四目相对，

看着看着，就感觉此般柔情消融在对方的眼眸中。

七月七日，“我取轩”外，织女星明亮闪烁，

芸娘备好香烛瓜果，与沈复一起，各执一香，向织女星跪地祝祷。

两人在织女星前祈愿：岁月静好，风雨莫摧。

沈复拿出两枚印章，

两枚都刻着："愿生生世世为夫妇。"

一枚是白文，一枚是朱文，这是今后二人通信的凭证。

夜色如水，芸娘靠在沈复肩上，

两人从宇宙浩渺，聊到儿女情长，

直至灯烛燃尽，月亮西沉，

方恋恋不舍，携手归去。

相伴

林语堂曾说：芸娘，是中国文学史上最可爱的女人。

我觉得，那是因为她刚好遇到了沈复。

在沈家半里外的地方，有一座庙，叫水仙庙，

那是街坊邻居听戏喝茶，聊天闲谈的好地方。

有次神诞日，沈复看热闹去了，

回来后，跟芸娘描述得口水乱飞，

芸娘突然叹了一声，

"哎，可惜我是女子，不能和你同去。"

沈复一听，立马怂恿芸娘女扮男装。

芸娘真的穿了沈复的衣服，在镜子前学男人拱手阔步。
趁婆婆外出的空儿，
两人贼兮兮地从后门溜出去了。

一路上，好几个人问：
“这兄台好生清秀，敢问是谁？”
“这……这是我表弟！”
“哦！幸会幸会。”
芸娘拱手。

看庙会的人乌泱一片，两人好不容易挤到了前排。
这时，芸娘见贵宾席上坐着一位美艳的少妇，
便拉着沈复挤上前去拍肩膀打招呼。
“哪里来的狂徒！这么不懂礼数！”

沈复看见一个老奴婢气极了伸手就要打芸娘，
赶紧挤上前去遮挡解释，
芸娘见势不妙，赶紧摘帽，露出一头乌发，
“看！我也是女子啦。”
主人瞬间被逗乐了，对这二人生出几分喜欢来，
竟招呼夫妻俩入座，一起畅谈、听戏。
平常吃饭，芸娘最喜欢配臭腐乳和虾卤瓜，
但这两样恰好是沈复最讨厌的。

有次吃饭，沈复逗芸娘：
“狗没胃，所以吃屎不觉得臭，
屎壳郎也是，但它是为了修炼成蝉，
你说你喜欢吃这两样东西，是像狗呢还是像蝉？”

芸娘知道沈复在笑她爱吃“屎”，立马反唇相讥：
“你喜欢吃的大蒜，我也觉得像屎，
但屎好不好吃要吃了才知道，你要不要试试？”
沈复大笑：“你这是要让我当狗吗？”
话没说完，芸娘就猛地夹了一块虾卤瓜塞到沈复嘴里：
“我是做狗做很久了，今天就劳驾您也做一次吧。”
没想到沈复一尝，居然觉得脆爽可口，
竟从此也爱上虾卤瓜了。

逢变

但有情有趣的夫妻，
却往往不如平常人顺利。
沈复爽直不羁，芸娘单纯善良，
这样的组合，注定要经历更多坎坷崎岖。
有一回，
沈复和父亲外出公干，留芸娘在家，
沈复的弟弟启堂向人借高利贷，请芸娘作保，

芸娘没多想，但谁知道后来启堂赖账不还，
芸娘饱受追债之苦。

她只好写信给沈复，让他劝弟弟还钱，
但在信中，芸娘粗心没有使用敬语，
不巧信让沈父看见了。
沈父先是责问启堂债务的事情，
启堂矢口否认，
于是公公大怒：
“芸娘背夫借债，毁谤小叔，还对公婆不敬，简直败坏门风！”
于是遣一封驱逐信回家，要把芸娘扫地出门。
好的婚姻，或毁于公婆，或毁于懦夫。
如宋时唐婉，汉时刘兰芝，都在丈夫的妥协中走上死路。

但沈复不是无可奈何的陆游，
更不是敢死却不敢抗争的焦仲卿。
在事情发生的第一刻，
他选择抛下一切回到芸娘身边，
带着她一起出走。
和风餐露宿、朝不保夕相比，
放弃你，才是这世上我唯一吃不下的苦。

相惜

出走后的二人，寄居在朋友家。
虽然生活捉襟见肘，
但二人还是过得异趣横生。
房间太暗，二人就用白纸贴墙，利用反光照亮。
没钱买大鱼大肉，但单一的食材经芸娘之手，
也总有新奇的滋味。

沈复喜欢时不时小酌一杯，芸娘就用六个碟子，
做成一个存储方便的梅花盒常备着下酒菜。
夏荷含苞待放的时候，芸娘就放一撮茶叶在花心，
等第二天一早花朵盛开，再烹一壶雨水，
一杯荷花茶香韵称绝。

房子是借来的，但生活不是。
一次，沈复听闻城南有两处园子，
花开正盛，煞是好看。
他和朋友们最爱风月，自然不能错过。
看花要饮酒，且要饮温酒。
但附近没有酒家，众人正发愁之时，
芸娘说道：
“你们明天各自拿出买酒的钱，我自然会担着炉火来。”

第二天中午，芸娘提着做好的菜笑语盈盈地走来，
她后面还跟着个卖馄饨的老翁，
馄饨担上炉火俱全，
不消一会儿，别说热酒，连热茶热菜都上桌了。

老翁亦是性情中人，
大家围坐在柳树下，
饮酒吟诗，烹茶作画，
在旁人的羡慕中，
他们高歌痛饮，吃饱喝足，
晚间再食一碗米粥，
才尽兴而归。

三流的夫妻，贫贱之时百事哀，大难来时各自飞；
二流的夫妻，能风雨同舟，却难以苦中作乐；
真正的神仙眷侣，则无论现实是幸福的还是苦难的，
他们的心，都永远如初见般相依相惜，充满情趣。

永诀

两年后，沈父得知真相，登门道歉请沈复夫妻俩回家。
二人本以为终于苦尽甘来了，
却想不到又因为给人作保惹来债主上门，

在离过年只剩几天时，
又被沈父勒令三日内离开。

芸娘从小就有血疾，
后来因娘家出事，悲伤过度又复发了。
第二次被驱逐时，芸娘已经到了无力行走的程度。
此时，沈复和她的一双儿女已经十三四岁了，
他们既无力带走孩子，又不能留下他们拖累双亲，
只好把女儿许给敦厚的侄儿当童养媳，
把儿子托给友人当学徒学贸易。

为了躲债，他们在凌晨偷偷出发。
临别之际，一家四口煮了一锅粥饯别，
这是他们最后一顿团圆饭。
因粥而聚，因粥而散，
莲子心中苦，梨儿腹内酸。
生离作死别，
造化之弄人，亦不过如此。

遭逢巨变后，芸娘病情越发严重，
三年后的三月三十日，
这个集知音、贤妻、患难之交于一身的爱人，
终要弃沈复而去了。

临终前，芸娘极力地要抓住沈复的手，
嘴里一直断断续续地说着：
“来世……来世……”

这一世我和你还没做够夫妻，
夫君可不要忘了当年织女星下的诺言。
芸娘死后第七天，按风俗家人需要离家避鬼煞，
但沈复坚持不走，
朋友都劝他，鬼神之事，宁信其有，莫信其无。
沈复却只呆呆地说：
“我就是因为相信芸娘会回来，所以才不走的。”

躺上他们熟悉的床，
半夜朦胧间，
他好像看见全屋被火烧得通明，
沈复大喊：“芸娘！芸娘！”
惊醒之后，发现不过梦一场。
他最爱的芸娘，是真的离他而去了。

合卺

中国人心中最动人的婚姻，
应该是什么样子的？

古时候，有一种味道极苦的瓜，叫作卺。

每有新人成婚，人们就会取来这种瓜，一开两半。

把两半盛满酒，用红绳连在一起，

行礼时，新人各执一半，把苦酒饮尽。

并自此起誓，甘苦与共，永结同心。

这个礼，叫合卺礼。

在甜蜜的洞房之夜，同喝这一壶又苦又醇的酒，

是古时夫妇步入婚姻的第一课。

这其中，大概包含了中国人对婚姻的一种理解：

最动人的婚姻，除了要有矢志不渝的爱情，

还要有两心相知的默契，共同孕育的成长，

以及同甘共苦的恩情。

沈复一生穷困潦倒，籍籍无名，死后唯有一本《浮生六记》存世。

但他却说："天之厚我，可谓至矣。"

大概是因为他的婚姻，

让他在经风历雨时依旧至情至性，

这是大多数人几世都修不来的好福气。

篇十七　汉宣帝

年华易逝，但情深不老

文／思无邪

故剑情深，才是爱情久经考验的模样。

王者不死

公元前87年，二月的一天，已经七十岁的汉武帝，只剩下一个月的寿命。

这一天，有懂得望气的方士，告诉病重中的汉武帝：“长安监狱中有天子气。”

汉武帝大为震恐，赶紧派人抄录长安二十六座监狱中所有犯人的名单，下令不问罪过轻重，一律处斩。

这天夜里，汉武帝的使者，来到其中一座监狱，却被监狱长官丙吉阻挡在门外。丙吉大叫：“皇曾孙就在狱中！别的人无辜杀死都不可，何况是陛下的亲曾孙呢？”

双方相持不下，直到天明，使者方才作罢，回宫禀报汉武帝，弹劾丙吉违抗皇命。没想到汉武帝老泪纵横，如梦方醒：“这是老天的安排啊！”

于是，下令大赦天下。

丙吉口中的“皇曾孙”，因此得以出狱，流落民间。

那一年，“皇曾孙”才五岁，入狱却已差不多有五个年头。

这个襁褓中就被关进监狱的“皇曾孙”，名叫刘病已。十三年后，他将登基为帝，即汉宣帝。

他是中国历史上唯一在登基前坐过牢的皇帝。

他成长于民间，深知百姓疾苦，所以他登基后十分体恤民力，不失为一位明君。西汉国力在他统治期间，也达到巅峰。

而最为难得的，是他发迹以后，不忘微末时的糟糠之妻许平君，留下了“故剑情深”“南园遗爱”等千古佳话。

落难王子和平民女子的爱情故事，大多都是老百姓一厢情愿的童话；只有刘病已和许平君的爱情，载之历史，传之后世，直到两千年后，你依然能从典籍中，触摸到那份感动。

落难凤凰不如鸡

刘病已虽贵为皇曾孙，但早年的他，历尽磨难，尤为不幸。

他出生那年，汉朝发生“巫蛊之祸”。刘病已的祖父，太子刘据，被奸人嫁祸，不得已起兵造反，后兵败自杀。

刘病已的祖母、父亲、母亲，也全部在变乱中遇害。偌大刘府，只剩下他一个，虽还是嗷嗷待哺的婴儿，却也没能幸免被打入长安监牢。

还好监狱长官丙吉是个大好人，可怜刘病已无辜受难，十分同情他，便让两个女囚给他当乳母，还安排最宽敞干净的牢房给他和乳母住。

汉武帝大赦天下后没多久，病重驾崩，留下遗诏，要收养刘病已于皇宫掖庭，让他重归皇族宗籍。只是，随后皇位交接，事务繁杂，收养刘病已之事，被朝廷搁在一旁。

丙吉去朝廷讨要刘病已的衣食待遇，得到的回复是：“我也想给皇曾孙上等供给，但没得到明确诏令，我也没辙。”

丙吉无奈只能从自己俸禄里掏钱，给新出狱的刘病已和两位乳母，安排居所，供给日用。直到两年以后，新即位的汉昭帝才想起刘病已这档子事，下令让他搬回宫中。

刘病已虽然养在宫中，不愁吃穿，但没有名号，没有爵位，名义上是皇族，实际上就是一介平民，几乎没人看得起他，没人把他当回事。

毕竟，落难凤凰不如鸡。

宫中掖庭长官张贺，曾经是刘病已祖父的属下，也很同情病已，对他很照顾，还花钱供他读书。待病已长大，还想把自家孙女许配给他。

张贺的弟弟得知后，大为震怒："皇曾孙是罪人的后代，侥幸能得到一介平民的衣食，就已经很不错了！以后不要再提这种傻话！"张贺只能无奈作罢。

皇宫内院中，大多是懂得审时度势的势利之人，刘病已在深宫中，或许从来就没有归属感。他更渴望宫外自由清新的空气。

他经常出宫远游，和市井少年斗鸡走狗，和三辅豪侠喝酒交友。也只有在民间，才没人注意他罪人后代的身份，只把他当成阳光爱笑的好青年，仗义豪爽的好朋友。

当灰姑娘遇到快乐王子

平民女孩许平君，可能从来都没想到，她会嫁给一名皇子。

她相貌普普通通，谈不上出众；身份更是普普通通，父亲许广汉还犯过罪，受宫刑后入宫当差。

十四岁那年，父母张罗着要把她嫁人，没想到婚礼前夜，未婚夫暴毙而亡。流言因此传开，好多人背后指指点点，说她是不祥之人。

母亲拉着她去算命，算命先生告诉她："你女儿注定要成为大贵人。”母亲信了，但许平君没信。

直到许广汉的直属上司张贺，为刘病已的终身大事操碎了心，听说许家有女嫁不出去，赶忙设宴款待许广汉。

张贺三杯酒下肚，借着酒兴直言：“皇曾孙虽然地位卑贱，但好歹有皇家血脉，你要嫁女儿可以考虑一下他。”许广汉答应了。

于是，没人愿嫁的罪人后代，没人愿娶的不祥之人，就这么走到了一起。

灰姑娘，就这么遇到了快乐王子。

只是许平君的母亲，有些生气抱怨：“说好的要成为大贵人呢？怎么反倒嫁给了没权没势的刘病已？”

结婚以后，刘病已搬出了皇宫，在长安城的花花世界里，住了下来。

婚后的这段日子，可能是刘病已和许平君这辈子最快乐的时光。

他们会一起去市井看斗鸡走狗，会学着贩夫走卒的模样，扯着嗓门喝彩，卷起袖管加油；他们还会一同去长安南郊的鸿固原上郊游，相依相偎，共赏落日霞光；最开心的是他们一同去山中远足，病已会用佩剑劈斩挡路的荆棘，拉着平君的手行走在崎岖的小路上，用野花编成花环戴在平君的头上……

都说童年的不幸经历，会导致人格扭曲、心理阴暗，但对于刘病已，好像所有的不幸，都不曾在他心头烙下哪怕一丝印记，他永远阳光开朗，永远有最爽朗的笑容。

他是最幸福的平民，是最快乐的王子。

灰姑娘许平君，因此找到了她最理想的爱情。

史上最浪漫的诏书

婚后的第二年，许平君生下一子，他们有了爱情的结晶。

这一年，一场宫廷变故，永远改变了二人的命运。

汉昭帝病重驾崩，没有留下子嗣。在权臣霍光的操纵下，昌邑王刘贺被选为皇帝。可惜刘贺不大听话，刚刚即位就想把霍光排挤出权力核心，想任用自己人。

霍光贪恋权柄，只能先发制人，仅仅二十七天，就废掉了刘贺，把他赶出长安。有了先前的教训，霍光决定立一名便于操控的皇族当皇帝。

长期流落民间，在朝中没有根基的刘病已，就这样成了霍光的首选。

于是，宫廷里的香车宝马，开到了刘病已的家门口，一路吹吹打打，鼓乐齐鸣，把刘病已接回了皇宫。

刘病已根本没有推辞的余地，就这样登基为帝。

但许平君却没有被封为皇后，只被赏了个“婕妤”的名号。

所有的朝臣都清楚，皇后的位置，是预备给霍光的女儿的。

嗅到气味的朝臣，早早就开始上书，请求刘病已册立霍光的女儿为皇后。

而那个时候，刘病已只是霍光的傀儡。他怕霍光。

他们一同乘坐马车，刘病已看到霍光高大威猛、神情严峻的样子，就觉得芒刺在背、心神不宁。他怕落得和刘贺同一个下场，甚至更惨，连命都丢掉。

但一切他都可以隐忍，一切他都可以退让，唯独这件事，他不能忍、不能让。他必须要让许平君当上皇后。

深思熟虑后，他下了一道诏书："朕在贫微之时，曾经有一把旧剑。朕现在很怀念这把剑，众位爱卿能否帮朕把它找回来呢？"

所有人都明白，旧剑喻指旧情。这可能是史上最浪漫的诏书。

这道感人至深的诏书，迅速传遍天下，传到帝国的每一个角落。朝臣也纷纷调转口风，上书请求册立许平君为后。

纵使霍光有滔天的权势，却也阻挡不了民意的汹涌。于是，许平君当上了皇后。

或许一见钟情，只是体内荷尔蒙的短暂作祟；只有故剑情深，才是爱情久经考验的模样。年华易逝，但情深不老。

世界上只有一个许平君

但霍光的老婆不甘心。

她想让女儿当皇后，谁要是挡在路上，她就要让谁死。许平君，就成了霍夫人的眼中钉、肉中刺。

霍夫人买通了宫廷女医官淳于衍，让她在许平君的药汤中加入有毒的生附子。许平君刚产下一个女儿，正在坐月子，喝下毒药，只觉天旋地转，异常难受。

她惊问淳于衍："这……这药汤不会有毒吧？"

淳于衍腹中冷笑，面上仍不动声色，只淡淡答了一句："没有。"

很快，许平君呼吸急促，毒发身亡。

皇后死得蹊跷，有人主张将所有医官都抓起来细细拷问。可在霍光的干预之下，此事就这么不了了之。没有任何一个人，因皇后的死而被追责。

刘病已心头敞亮，知道平君之死，必是霍家所害。但连他自己，都只是霍光的提线木偶，他又有什么办法来对付霍家？

他能做的只有抱着平君冰冷的尸身，在昏暗的宫殿里放声大哭，接见霍光时，他还要抹干眼泪，强行挤出微笑。

不出预料，就在平君死的那年，霍光的女儿霍成君被安排进了皇宫，当上了"婕妤"；第二年，霍成君顺理成章地当上了皇后。

刘病已对霍家人恨得牙痒痒，但依然要装出宠爱霍成君的样子，好让霍光麻痹大意，对他放松警惕。

终于，霍光死了。

刘病已的胆子大了些，他立了平君的儿子刘奭为太子。

霍夫人气得跳脚大骂：“刘奭是陛下在民间生的贱种，竟然能当太子？如果我女儿生下皇子，岂不是只能当个王爷？”

霍夫人的老毛病又犯了，想让霍成君毒杀刘奭。

但霍家人再没有上一回那么好运。太子没有被毒死，平君被杀的旧案也被牵扯出来。没有了霍光这个保护伞，霍家人只能孤注一掷，决定造反。

只可惜，这一回，霍家人被一网打尽，满门被诛。随后，霍成君也被刘病已废掉，无颜苟活，自戕而死。

刘病已终于摆脱了傀儡的身份，登上权力的最高峰：有贤臣良将，为他分忧国事；有六宫粉黛，为他彻夜暖床。

只不过，所有人都畏惧他、谄媚他，却再没有人真正关心他、爱护他。

在天下人的心里，世界上只有一个刘病已；在刘病已的心里，世界上却只有一个许平君。

爱在西元前的杜陵南园

六年以后，刘病已驾崩。

在他统治期间，大汉的宿敌匈奴，终于彻底向汉朝称臣投降。

西域第一次被正式纳入中国版图，西汉的国力达到最高峰，他的功绩超过曾祖父汉武帝；他施政采用“王霸道杂用”的方针，宽严相济，赏罚分明，仁厚赛过刘备，但霸道胜于曹操；最令人动容的当数他的痴情，他对许平君的感情比乾隆对富察皇后的还要深厚得多。甚至因为这份痴情，大汉王朝由盛转衰。

他的太子刘奭，中意纯粹的儒家治国理念，仁儒有余，而霸道不足。

刘病已一度叹息：“俗儒不知变通，喜欢好古非今，高谈阔论，不知所云，天下事怎能委托给他们！乱我家者，必是太子！”

他明知刘奭会是不合格的君主，但因为和许平君的深情，他依然固执地传位给刘奭。

果不其然，西汉王朝在刘奭手里开始衰落。可以说，因为许平君，他毁掉了一个王朝。

按照西汉皇室的传统，皇帝的陵墓，一般要建在渭河北岸的咸阳原上。但刘病已却不按老规矩办，把他的陵墓修在了长安城南的鸿固原。

而鸿固原正是当年一介平民刘病已常常携爱妻许平君出游玩耍的地方。

刘病已的陵墓叫杜陵，从此以后，鸿固原因此改名叫了杜陵原。

杜陵，高大的封土堆下，埋葬的正是西元前，中国那位最痴情的平民天子；而在陵墓的正南方，最亲近的方位，一座略小的封土堆下，埋葬的正是他一生的挚爱许平君。

南园遗爱，代表的正是最深沉的眷恋，最令人动容的痴情。

两千年以来，或因世道沦丧，人心不古，世上多了许多发迹后抛妻弃子的陈世美，却再难寻觅故剑情深的刘病已。

难道世上所有的深情，全数被埋进了杜陵的封土堆里？

篇十八 杜牧

风花雪月里，全是聚聚散散

文／丘吉鸟

十年一觉扬州梦，赢得青楼薄幸名。

文人和妓女的命运其实很相似，一个毕生在找圣主，一个毕生在找良人，找不到时，就只好用风流和浪荡来做自己的保护色。

守不住肉体，至少可以守住灵魂。

中国的历史，更像是一部写给男人的历史，书上的男人，要不从理想中获得力量，要不从女人身上获得灵感。

这两种，都称为风流。

唐代、青楼、才子、愁闷、自由——历史把这五个关键词集于杜牧一身。

书香味、药味

杜牧的童年，有两股味道。

第一股是书香味。

杜牧的祖父杜佑，不仅是唐代名相，还因主修的一部《通典》开创了中国史学史的先河。父亲杜从郁，也因学识渊博，成了太子近臣。杜牧说自己“万卷书满堂”“家集二百篇”，绝对不是吹牛。

第二股是药味。

杜牧的父亲自幼体弱多病，从杜牧记事起，他就一直在吃药，一直在试药，但还是在杜牧十五岁时，与世长辞了。

父亲死时，杜牧的祖父已过世五年，树倒猢狲散，庞大的杜氏很快就分了家。

杜牧得到了三十多处房产，可书呆子杜牧，只会读书，其他的啥也不会，坐吃山空，最后只落得连立身之处都没有。

杜家虽然多的是显赫的亲戚，却无人愿施援手。最后，杜牧的老婢，竟有被饿死的；年轻的仆人，更是当着他们的面，抱了几件东西跑路了。

杜牧不得不和母亲一起，带着年幼的弟弟，寄居在一家庙里，吃野菜度日，与老鼠为伍，如此过了近十年。

直到二十五岁，他遇到了人生中的第一个贵人。

狂士识浪子

当时，崔郾担任当年科举的主考官，一时间成了众人纷纷要巴结的人。临行前，百官为他置酒送行，正喝得高兴，门口有个人，骑了一头肥头大耳的驴就来了。

来人名叫吴武陵，是当朝出了名的狂士。

崔郾正在为圣主选才，对这样闻名在外的人，不得不做做样子。

崔郾把他请到家里，还没开始寒暄，吴武陵就拿出了一卷稿纸："前些天我在太学瞎逛，看见了一班学生围在一起，交口称赞一篇文章。我拿来一看，果然不同凡响，你不是要为国选才吗？我特地来跟你讨个状元！"

吴武陵莫不是来时刚吃了大蒜，怎么一开口，就这么大的口气。

崔郾拿过来，越看越冒冷汗：

鸣呼！灭六国者，六国也，非秦也。

族秦者，秦也，非天下也。

……

秦人不暇自哀，而后人哀之；

后人哀之而不鉴之，亦使后人而复哀后人也。

这文章写得好是好，但是言语太犀利，借着秦亡之事，讽刺当今圣上大兴土木，真是不知死活。

崔郾看后，只得跟吴武陵说："状元已经有人了。"

吴武陵不死心："那就第三名！"

崔郾答："也有人了。"

吴武陵急了："那第五名总行了吧！"

崔郾一脸为难，不知怎么回答好。

吴武陵生气了："算了！既然这样，你把文章还给我吧！"

崔郾这才勉强说："行吧行吧，就按您说的办。"

这篇值得让吴武陵这个狂士对崔郾软硬兼施的文章，即是杜牧的《阿房宫赋》。

回到席上，崔郾就跟嘉宾们说："刚刚吴太学举荐了杜牧为新科进士第五名。"

大家一听脸拉得比马还长："那可是个出了名的浪子！品行不端啊！"

崔郾无奈地说："已经答应了，他现在就算是个杀猪的，卖酒的，也不能改了。"

杜牧，就这样"考"上进士了。

如椽巨笔，只为妓女写诗

青楼这个词，原本只是代指那些雕饰华美的高楼，是因为杜牧，才变成妓院的代名词。

最开始，杜牧当的是弘文馆校书郎，每天就是干干校对书籍的活儿，日子清闲却也无聊得很。

当旧交沈传师出任江西观察使，向杜牧抛来橄榄枝后，杜牧就弃了人人求之不得的京官，跑去给沈传师当幕僚了。

在这里，他遇到了张好好。

初遇张好好，是在沈传师的乐伎班子里。十三岁的好好，不仅出落得如出水芙蓉，更是一曲莺歌，婉转动人。

杜牧和很多文人一样，以狎妓为雅事，但杜牧又和他们很不一样。自古以来，真正地把妓女当作知己来怜惜，而非当作物件来玩弄的，可能只他一人。

就在席上一群浪人用一种调戏的眼光在好好身上猛盯时，杜牧想的却是娶她。

好好，似乎对他也有意。

但就在他鼓起勇气要跟沈传师开口时，沈传师却被朝廷调走，杜牧只好随他去别处漂泊了一年。等到两年后，再相见，张好好已经被沈传师的弟弟沈述师捷足先登，纳为小妾。

多年后，杜牧在洛阳的街头，偶遇张好好。

此时，张好好已经徐娘半老，沈述师把她玩腻了，就不管死活地把她抛弃了。

她当街卖酒，消耗着自己最后一点姿色，假装听不懂那些来买酒的男人的不怀好意，笑盈盈地卖酒。

一见面，张好好就笑杜牧：“怎么年纪轻轻，就头发胡子都白了？”

杜牧啥也没说，只是突然哭得像个孩子，他为她写了一首长诗，但诗里，没有说出自己当年的心事。

一生最忆是扬州

杜牧跟着沈传师做了几年幕僚，因文名在外，被当时朝中两大党争之一的牛党党首牛僧孺看上了，便拉他到扬州做了监察御史。

但杜牧在扬州当监察御史的时候，啥正经事儿都没干，一天到晚就是逛青楼。

有一回，当地有个大官，离退之时，在家中宴请旧部。大家酒酣耳热之际，没想到杜牧突然来了，把大家的酒都吓醒了。

唐代有禁令，官员不能在家设宴。杜牧作为监察御史，就是替皇帝监察百官言行的，一旦被弹劾，大家乌纱帽都不保。

大伙儿正寻思着怎么摆平这件事，没想到杜牧自己却主动说：“听说你们家乐伎班子中，有一个姿色过人的歌伎，本官只要她。”

当晚，杜牧就乐呵呵地带着歌伎走了。

扬州是个好地方，好就好在青楼歌馆多，每到夜幕降临，香楼上的佳人，就垂下自己扑鼻的香巾，熏得游人沉醉。

杜牧没有一个晚上是在自己家歇息的。

两年后，长安来了一纸调令，要把杜牧再度调回去做京官。

临走前，牛僧孺为他设宴饯行。几杯酒下肚，牛僧孺突然跟他说："回京之后，你的行为还是要检点一下，不要总是流连青楼，会影响你的仕途的。"

杜牧最开始还狡辩："我也没有那么荒唐，至少没给您老丢脸吧。"

岂知牛僧孺笑着拿出了一个匣子，匣子里，全都是杜牧在扬州每天去哪了，待了多久，和谁在一起的出行记录。

原来，牛僧孺每天都派三十多个兵士化装为便衣，悄悄跟着杜牧，向牛僧孺报告其行踪。无论是监视还是爱护，这都让杜牧惊出了一身冷汗。

离开扬州后，老友韩绰写信问他：别来如何，天子脚下，应该大有可为吧?

杜牧没说其他的，只回了一首诗：

青山隐隐水迢迢，秋尽江南草未凋。

二十四桥明月夜，玉人何处教吹箫。

最让我难忘的，还是扬州啊。那里，有明月、桥水、玉人和让人暂忘烦忧的风花雪月。

其实，出身于累世高官家族的杜牧何尝不知，行为放荡，对自己的升迁不利？但国事已不可为，他和牛党走得越近，就越有可能在政治斗争中牺牲。

李党已经一连撵走了三位宰相，牛党大厦将倾，甘露之变刚刚血洗长安，生逢乱世，可能青楼才是最安全的地方。

所以到了京城，杜牧还是一如既往地荒唐。

兵部尚书李愿，蓄养的歌伎，在当时数第一。他喜欢召集洛阳名士到他家来歌舞饮宴，唯独不想叫杜牧来，因为他太荒唐了。

一次，李愿又大办宴席，杜牧悄悄让人向李愿转达了他要参加盛会的意思，李愿迫不得已答应了。

果然，杜牧三杯酒下肚，就问李愿："听说有个叫紫云的，姿色第一，不知是哪个？"

李愿指了指，杜牧看了看，说："果然名不虚传，不知可否赠予我消受？"这露骨的话一出，在座的人都尴尬得坐立不安，连歌伎都自行退场躲避。

李愿见他既然这么豁得出去，也只好笑笑答应了。

如此，杜十三荒唐无行的名声，就在京城越来越臭，最终臭到牛李两党都再也不屑拉拢他了。

秋娘老，山河倾

金陵城中，有一名乐伎，名叫杜秋娘，是节度使李锜府中的歌舞伎。

李锜造反兵败以后，家眷全部沦为官奴。

一次宴会上，秋娘唱了曲她自创的《金缕衣》，俘获了唐宪宗的芳心，唐宪宗便将她封为秋妃。

正当日子过得甜美静好时，唐宪宗却遭宦官毒杀了。

秋娘和宰相合谋报仇，不料计划败露，秋娘被削籍为民，遣回到了金陵。

在金陵，她遇到了杜牧。

杜牧一生遇过的女子无数，世人只道他是个荒诞不经的浪子，但在秋娘面前，他那颗末世狂生，报国无门的心，才真正展露出来。

他看着曾经的国母，想起了唐宪宗在时，励精图治，大唐国顿时耳目一新，士子为之振奋。

那时候的杜牧，几乎不再写那些莺莺燕燕的情诗，而是发表了很多政论诗，为边疆战事出谋划策。世人说他雄姿英发，气势豪宕，大有提枪上马，提携玉龙为君死的气概。

但这一切都随着唐宪宗的暴毙宣告破灭。杜牧，又做回了那个薄幸的杜十三。他不再痛惜玉环误国：“一骑红尘妃子笑，无人知是荔枝来”；而是怀念着“春风十里扬州路，卷上珠帘总不如”的日子；嘲笑自己“十年一觉扬州梦，赢得青楼薄幸名”。

杜牧和妓女，多是露水情缘，即使他偶尔也流露过“蜡烛有心还惜别，替人垂泪到天明”的深情。

其实文人和妓女，何其相似。

文人一生都在求遇到圣君，把自己的才华，货与帝王家。妓女则在最好的年华里，卖弄姿色，只求遇到一个有情郎，为自己赎身，相夫教子终老。

杜牧一辈子都在找各种机会，看看能不能一展抱负，但最终都没能找到。

他不想违心地参加党争，把国家斗垮，所以只能藏身青楼。

虽然杜牧一生狎妓无数，也没有什么扣人心扉的爱情故事，但其实他也没那么混蛋。

他在江南做官的时候，曾看上了一个十三岁的船家女子，因为年纪尚幼，杜牧和她母亲约定，十年之后，他回到这里当官，再来迎娶。

没想到十三年后，杜牧才能回来。

回来后，他没有忘记约定。只是，找来母女二人时，才发现那个女子已经嫁为人妻，育有二子了。

杜牧临死前，梦见有人给他题了四个字“皎皎白驹”。

醒来后，他想到，如白驹过隙的一生，可能就要到尽头了。

这时，恰好仆人来报，正在烧饭的锅突然烧裂了，一锅米，全煮成了夹生饭。

他自感大限将至，便写了一篇可能是他这辈子写得最差的文章作墓志铭，而后烧掉自己的大部分诗稿。

荒唐了一生，他终于正经地死去了。

他就像千百年后的黛玉一样，求梦不成，求爱不得，所以选择了赤条条地归去。

传说他死后，张好好来到他坟前自尽，了却了残生。

生前没达成的愿望，希望他死后可以达成吧！

图书在版编目（CIP）数据

世间一切，皆是遇见：18对才子佳人的凄美情事 / 国馆编著. -- 北京：新世界出版社, 2019.7

ISBN 978-7-5104-6824-7

Ⅰ. ①世… Ⅱ. ①国… Ⅲ. ①故事—作品集—中国—当代 Ⅳ. ①I247.81

中国版本图书馆CIP数据核字（2019）第144022号

世间一切，皆是遇见

作　　者：国　馆
责任编辑：周　帆
责任校对：宣　慧
责任印制：王宝根　苏爱玲
出版发行：新世界出版社
社　　址：北京西城区百万庄大街24号（100037）
发 行 部：（010）6899 5968　（010）6899 8705（传真）
总 编 室：（010）6899 5424　（010）6832 6679（传真）
http://www.nwp.cn
http://www.nwp.com.cn
版 权 部：+8610 6899 6306
版权部电子信箱：nwpcd@sina.com
印　　刷：北京亚通印刷有限责任公司
经　　销：新华书店
开　　本：880mm×1230mm　1/32
字　　数：200 千字　　　印　　张：8
版　　次：2019年7月第1版　2019年7月第1次印刷
书　　号：ISBN 978-7-5104-6824-7
定　　价：42.00 元
